SÓ VOCÊ

JENNIFER LYON

1ª Impressão 2015

Produção Editorial: Editora Charme
Capa: Sommer Stein
Foto: Shutterstock
Tradução: Monique D'Orazio
Revisão: Cristiane Saavedra
Edição e adaptação: Andréia Barboza
Diagramação e produção gráfica : Verônica Góes

Este livro segue as regras da Nova Ortografia da Lingua Portuguesa.

CIP-BRASIL, CATALOGAÇÃO NA PUBLICAÇÃO
SINDICATO NACIONAL DE EDITORES DE LIVROS, RJ

Lyon, Jennifer
Só Você/ Jennifer Lyon
Titulo Original - Possession
Série The Plus One Chronicles - Livro 2
Editora Charme, 2015 .

ISBN: 978-85-68056-12-7
1. Romance Estrangeiro

CDD 813
CDU 821.111(73)3

www.editoracharme.com.br

SÓ VOCÊ

Tradução: Monique D'Orazio

Capítulo 01

Ele havia lhe dado três malditos dias. Era melhor ela estar lá. Sloane Michaels abriu a porta da sua SLAM *Academia e Centro de Treinamento*, em San Diego, Califórnia, e entrou a passos largos.

A área pública da academia vibrava com energia e suor. A batida da música, o barulho alto dos pesos e o ressoar das vozes eram tão familiares quanto sua própria respiração. Mal respondendo com um movimento de cabeça aos vários cumprimentos que recebia, Sloane mantinha-se focado na caça pela única pessoa que ele queria ver.

Seu sangue fervia, estava à beira da violência, a mesma que o deixava pronto para lutar ou foder. Desde a notícia de que o assassino de sua irmã havia saído da prisão como um homem livre, as emoções de Sloane estavam à flor da pele. Ele precisava se concentrar em sua meta, agora mais do que nunca. Sem distrações.

E Kat Thayne era uma baita distração.

Só que não conseguia esquecê-la, não conseguia tirar o sabor dela de sua boca ou sensação de estar com ela da cabeça. Kat havia fincado residência em sua mente, migrando para seus pensamentos, dia e noite.

Chega. Precisava encontrá-la naquele instante. Com determinação renovada, ele vasculhou a academia em busca de Kat.

Ela não tinha aparecido. Não a via em lugar algum. O carro dela estava no estacionamento? Sloane estava tão obcecado em chegar até ela, que não tinha dispensado nem sequer um segundo para olhar.

Vá para casa. Não preciso de você para resolver isso, tenho que ser forte e não tenho certeza se consigo ser forte com você por perto. Suas palavras, no último domingo, ecoavam na mente dele, enquanto os olhos lindos, mas atormentados, o assombravam.

Inaceitável. Haviam feito um acordo, e ela iria, muito bem, manter sua parte nele. Sloane não deixaria que aquele idiota do ex-noivo estragasse tudo. Kat queria ficar forte o suficiente para lidar com aquele idiota? Então ela treinaria com Sloane. Ele girou para sair. Se Kat não tivesse coragem de aparecer, ele iria buscá-la.

Cherry, uma das recepcionistas, o abordou no caminho:

— Senhor Michaels.

Ele resistiu à vontade de passar direto. Só queria uma coisa: encontrar Kat e arrastar sua bunda até ali para treinar — ou até a cama mais próxima.

As coisas entre eles não tinham terminado. Precisava dela, precisava acabar o que tinham começado para que pudesse clarear a cabeça.

Contudo, Sloane não tinha construído seu império SLAM. sem autocontrole.

— O que você precisa, Cherry?

A garota deu um passo para trás.

— É... A Srta. Thayne está na sala de treino particular. Parecia nervosa, então pensei que ela ficaria mais confortável lá.

Alívio desceu das têmporas até relaxar a mandíbula de

Sloane e soltar seu pescoço e seus ombros.

— Obrigado. — Ele girou, encontrou a porta, inseriu o código com força e entrou.

Puta merda!

O sangue dele parou de fluir com a visão. Kat esparramada no tatame azul de treino, os cabelos castanhos, com mechas cor-de-rosa, trançados nas costas, revelando os fones de ouvido do iPod. Seus olhos estavam fechados enquanto ela percorria a sequência de alongamentos de ioga. Quando se levantou e fez a posição de cachorro olhando para baixo — traseiro para cima, cabeça para o tatame, costas retas —, a beleza de suas longas linhas deixou Sloane com a boca seca.

Todas as linhas, menos a perna direita. Aquela ela havia dobrado para acomodar as placas e parafusos que seguravam a tíbia no lugar.

Kat levantou, ergueu os braços e curvou a coluna numa ponte para trás. O arco revelou uma faixa de sua barriga chapada, dos quadris às costelas. A calça agarrava sobre os quadris até o v de suas coxas.

Sloane ansiava por tocá-la. Vê-la aquecia o poço escuro e frio de seu âmago, o lugar onde ele enfiava as merdas que o atormentavam: seu mentor morrendo e um assassino livre para viver. Sloane se livrou dos sapatos e das meias e cruzou o tatame assim que Kat endireitou o corpo.

Os olhos dela arregalaram, tornando-se piscinas azul-esverdeadas.

— Ah, não ouvi você entrar. — Ela puxou os fones de ouvido.

Sloane sentiu o pau inchar e latejar. Envolveu as mãos na cintura dela, os dedos queimando pela faixa de pele nua.

— Que bom que você apareceu. — Ele a olhou fixamente nos olhos, tentando ver além de suas barreiras. Não estava acostumado àquela necessidade dentro dele, àquela compulsão para despi-la até alcançar sua alma.

Não apenas o corpo, mas tudo o que havia nela.

Acariciou-lhe a barriga com os polegares. — Não estou pronto para me separar de você. Ainda não. — Kat despertava algo dentro dele que estava morto havia muito tempo. Mas aquele desejo viraria cinzas, sempre virava. Pensar que era algo mais seria tolice, na melhor das hipóteses. Perigoso, na pior delas.

Kat respirou fundo, e um rubor inundou sua face.

— A escolha não era sua. Era minha.

Talvez tivesse sido uma escolha para ela. Para ele, no entanto, era uma compulsão.

— O que fez você decidir?

Sloane sentiu a barriga dela ficar tensa sob os dedos.

— Estou no controle da minha vida, e é isso que eu quero. Talvez eu não tenha conseguido parar David dessa vez, mas da próxima, não vou falhar. Estou aprendendo a lutar para me defender.

Era o que o atraía para ela como uma força magnética. Kat não queria ser salva, queria salvar a si mesma. O fato o atraía como nada mais. A mãe de Sloane ainda o culpava pela forma como sua vida tinha ficado. Culpava a todos, menos a si mesma.

Kat, não. Ela agia para mudar o que não gostava. E ao que não poderia mudar, como os danos à sua perna, ela se adaptava.

Sloane abaixou a cabeça, inalando o cheiro de Kat. Devia ter assado pãezinhos de canela no trabalho naquele dia. Sua boca salivou com o pensamento de lamber a pele dela, em busca de vestígios de canela.

— É a única razão por você estar aqui? Para aprender a lutar? — Precisava da resposta, tinha de saber que ela estava tão afetada por ele, quanto ele estava por ela.

— Não.

— O que mais você quer? — insistiu ele, cavando mais fundo.

— Você. Gosto da maneira como ultrapasso meus limites com você. — Ela engoliu em seco. — Todos eles. Limites físicos e sexuais.

O ar na sala zunia com a conexão que se estabelecia entre eles, faiscando como fio desencapado. Sloane precisava recuperar algum controle antes que ela o pusesse de joelhos com sua honestidade e confiança.

— Agora você está na minha academia, confeiteira. Hora de ultrapassar mais alguns desses limites.

A vulnerabilidade nos olhos dela endureceu com determinação.

— Já me alonguei. Estou pronta para começar.

— Ainda não. — Rouquidão revestia sua voz.

— Não? — Ela inclinou a cabeça para cima.

— Não até eu te beijar. — Ele roçou a boca sobre a dela e foi fazendo um caminho de beijos até sua orelha. — E você está ardendo por mim como eu por você. Durante três malditos dias. — E noites, mesmo enquanto treinava; algo inédito antes de Kat.

A resposta dada pelo corpo dela, um estremecimento, o excitava mais. Sloane inclinou a cabeça dela para trás e devorou sua boca. Deus, aquele gosto. Tão inebriante, que ele diminuiu o ímpeto para saboreá-la e sugar sua língua com cuidado.

Kat derreteu contra o corpo dele e entrelaçou os dedos em seus cabelos. O puxão no couro cabeludo desceu queimando diretamente para a virilha. Segurando Kat pelos quadris, ele a levantou para pressionar sua ereção no centro quente entre as pernas dela.

Envolvendo as coxas na cintura dele, Kat gemeu em sua boca e mandou todos os últimos vestígios do autocontrole de Sloane para o inferno.

Ou ele parava ali, ou a possuiria com força na parede da sala de treinamento. Por mais tentador que fosse, aquilo também não iria acontecer; não quando havia chance de alguém entrar. A nudez de Kat era apenas para seus olhos. Aquilo poderia ser temporário entre eles, mas Sloane, sem sombra de dúvidas, protegeria Kat enquanto ela fosse sua. Separou o beijo, mas as pupilas dela, dilatadas com desejo, não ajudavam. Apoiando a testa na dela, ele sugou oxigênio.

— *Agora* estamos aquecidos.

Não queria colocá-la no chão. Inferno, se pudesse, a levaria para casa, a prenderia no quarto e se perderia nela. Por horas ou dias, o tanto que fosse preciso para acalmar a necessidade corrosiva que queimava em seu sangue.

— Para o treino ou para o sexo? — A respiração dela roçou seu rosto, enquanto as palavras provocantes iam mais fundo.

— Os dois. Treino primeiro. — Porque ele sabia como aquilo era importante para ela. Kat tinha necessidade de superar seus ataques de pânico. — Depois disso, vamos tomar banho, jantar alguma coisa e então vou tirar sua roupa e te deixar sem nada por um bom tempo.

Pelo tempo que levasse para extinguir o fogo que havia entre eles, para que, depois, Sloane pudesse se concentrar no que tinha de fazer.

Vingar a irmã.

Olhares fixos os seguiram até a mesa e não os abandonaram; porém, determinada, Kat ignorou os curiosos. Aqueles olhos inquisidores não estavam olhando para ela. Não, era o um metro e noventa e sete de beleza selvagem ao seu lado que havia requisitado a atenção generalizada no segundo em que tinham entrado no *The Melting Pot.*

Sloane ocupava a maior parte da mesa e um espaço grande demais na cabeça de Kat. Durante três dias, ela não tinha pensado em outra coisa, senão nele e no acordo que tinham. Enquanto ele a salvava de David, Kat foi pega de surpresa por um desejo selvagem de atirar-se nos braços de Sloane. Aquela necessidade de recorrer a ele a deixou aterrorizada. Sloane tornava muito fácil que ela contasse com ele. Kat temia se perder, perder a mulher que ela estava trabalhando tão duro para se tornar.

Havia precisado recuar um passo, mas agora ali estava: de volta com Sloane.

— Experimente o *fondue* de alcachofra e espinafre.

Saindo de seus pensamentos, ela se concentrou no homem que segurava um garfo com um cubo de pão que pingava um molho forte.

Ele sorriu.

— Agora tenho sua atenção.

— Você nunca a perdeu. — Droga. Provavelmente não devesse ter dito aquilo.

Depois de baixar o garfo no prato, Sloane se inclinou para frente, um castanho tórrido incendiando seus olhos.

— Você pensou em mim.

— Demais. — Ele não a deixava recuar para aquele lugar seguro em sua cabeça onde ela podia se distanciar do prazer ou da dor. Era o que tornava o fato de estar com Sloane emocionante e assustador. — E então, por três dias... escorreguei de volta para aquele estado entorpecido, cinzento. — Kat não queria mais ser covarde, ter medo de rejeição, de críticas e de ataques de pânico. Não queria apenas existir; queria *viver*.

— Agora você recuperou a sensibilidade?

A voz profunda junto com seu olhar penetrante e ardente aqueceram a pele dela.

— Recuperei.

Desafio irradiava dele.

— Não vou te deixar recuar outra vez. Se recuar, vou atrás de você. Ouviu, gatinha?

O pulso de Kat acelerou. Sloane tinha feito aquilo antes, fixá-la a uma parede e dizer coisas até que ela revidasse. Ela havia adorado, extasiada pela sensação poderosa. Ainda assim, a arma definitiva era sua.

— Posso dar os três toques. — O gesto de segurança.

Ele inclinou-se para frente, tocando a boca de Kat com a dele.

— Sempre. — Pegando um novo garfo, ele mergulhou outro cubo de pão no molho. — Coma. — E colocou o pão em sua boca.

Os sabores marcantes e vívidos deslizaram sobre a língua de Kat.

— Bom?

— E como... — Melhor do que qualquer coisa que ela havia comido em dias.

— Continue assim e não vou ser capaz de me levantar para ir embora.

Pelo menos ela não era a única a se afogar em desejo. Kat mergulhou uma fatia de legume na panela.

— Parece ser um problema recorrente. Notei isso na academia.

— Na academia, você foi a causa direta.

Kat tinha estado absurdamente nervosa por vê-lo. E se a atração que sentiam tivesse morrido? E se ele tivesse perdido o interesse? Então ele a havia beijado e todas as dúvidas dela tinham desaparecido.

— E, no entanto, você insistiu em que a gente treinasse, tomasse banho e jantasse. — Ela estava disposta a pular a parte de comer.

— Tenho segundas intenções em te alimentar. — Ele a tentou com mais pão mergulhado no caldo. — Coma, confeiteira, você vai precisar de energia para *sentir*.

Tão seguro de si, e por que não estaria? Um beijo, e ela havia derretido numa poça de desejo ardente.

— Desculpe, cansada demais para qualquer exercício mais intenso depois da uma hora e meia de treino pela qual você me fez passar.

Ele brincava com uma mecha do cabelo dela.

— Não vou engolir essa, Kat. Você ama treinar. Se eu não tivesse encerrado, ainda estaríamos na academia. Você tem mais ímpeto do que alguns dos lutadores campeões que eu conheço.

Distraída, ela esfregou a perna. O medo de ser uma vítima indefesa novamente a agitou.

— Preciso ficar melhor. Assim que eu tiver a habilidade

e o conhecimento sobre como lidar com uma situação ruim, acho que meus ataques de pânico residuais vão parar.

— O que a convenceu disso? — Curiosidade reluziu nos olhos dele.

— David. — Alguns poucos dias haviam lhe dado uma perspectiva melhor. Não tinha fracassado na tentativa de cuidar de si mesma; em vez disso, tinha tomado medidas para ser cada vez mais forte. Havia enfrentado David no início, o que já era motivo de orgulho. — Consegui fazê-lo me soltar uma vez. E me senti muito bem com isso. Foi a primeira vez que me senti no controle desde que nós dois fomos, supostamente, assaltados.

Um assalto que não era um assalto. Pelo menos... ela não pensava assim. David não queria que as lembranças dela daquela noite voltassem, mas Kat, sim. Precisava saber a verdade.

Sloane sorriu.

— Aposto que se sentiu, mesmo.

— Mas, então, David investiu contra mim e me prendeu na parede. Tentei o golpe no joelho, mas fiz errado. — De cara feia, ela admitiu: — Foi quanto perdi o controle, e o pânico tomou conta de mim. Mas se eu treinar o suficiente, isso vai se tornar um reflexo. — A determinação coloria sua voz. — Saberei o que fazer. Não vou entrar em pânico.

— Você vai chutar a bunda dele um dia. E eu vou assistir.

A resposta a fez rir.

— Bem, ele está a salvo esta semana, porque está na Costa Leste. E ainda estou treinando.

Sloane estava certo: ela amava treinar e ganhar as ferramentas para derrotar seu pânico. Levaria um bom tempo, mas Kat estava quase no ponto em que conseguiria ver um futuro sem sentir medo de viver.

Sloane empurrou o prato de lado.

— Você está chegando lá, Kat, mas isso leva tempo e prática. — Ele se recostou no assento quando os garçons vieram recolher os pratos dos aperitivos e servir o jantar na mesa.

Kat mergulhou em seu peixe, testando os molhos, enquanto Sloane atacava seu bife e lagosta fria. Contudo, os pensamentos dela ainda estavam no treino.

— Como você ficou tão bom? — Acenando com a mão para ele, ela acrescentou: — Além de nascer grande e musculoso. Como você aprendeu? — Ele não apenas tinha ganho três campeonatos do UFC, como tinha avançado e fundado a SLAM INC. O que tinha criado aquela ambição nele?

Sloane colocou algumas lagostas no prato.

— Cresci pobre e rude. Fora isso, tenho duas faixas pretas. Esse fato não só me ajudou a desenvolver algumas habilidades, como também a disciplina.

Kat esqueceu-se da comida.

— Duas faixas pretas? — Ah, ela desesperadamente queria perguntar mais sobre os anos anteriores da vida dele. Porém, tinham um acordo de acompanhantes; não estavam ali para construir um relacionamento. Assim, ela congelou a bisbilhotice.

— Em jiu-jitsu e em tae kwon do. — Olhando para o prato, ele cutucou a mão dela. — Experimente a lagosta.

Kat mergulhou a lagosta no molho dele, enquanto pensava sobre a enorme dedicação que devia ter sido necessária para conseguir as faixas pretas em duas modalidades diferentes.

— O que levou você a se tornar lutador?

Ele manteve a atenção voltada para o corte do bife.

— Fui a uma luta do UFC e descobri minha paixão.

Muito fácil. E irritante.

— Tenho cara de repórter?

Ele ergueu as sobrancelhas com surpresa.

— O que você quer dizer?

— Que essa foi a resposta padrão para sua biografia e suas entrevistas. Gostaria de saber algo além disso sobre o homem com quem estou dormindo. — Sloane a fazia se sentir compreendida. Ela queria conhecê-lo no mesmo nível.

Ele olhou-a, até que ela se mexeu de modo desconfortável.

— Tudo bem, você não tem que me dizer. — Calada pelo silêncio dele, ela comeu de forma mecânica. Não importava, não iria entrevistar o homem com quem não passaria a vida, então...

— Eu não gostava de passar fome e odiava com todas as minhas forças ser invisível ou que tivessem pena de mim. — Sua voz era tão sombria quanto seus olhos. — As pessoas não querem ver a gente quando somos pobres, sem-teto ou desesperados. Acredite em mim, isso nos cria um ímpeto para fazer com que as pessoas nos notem. Quanto eu tinha 12 ou 13 anos, era um garoto raivoso e perturbado, a caminho de uma morte precoce ou da cadeia.

Odiando o sofrimento dele, ela enrolou a mão ao redor do antebraço de granito. O que poderia dizer? Ela havia crescido numa família rica, e ele sabia disso. A origem dos dois não poderia ter sido mais diferente. E, no entanto, agora era Sloane que estava centrado; Kat era a que tinha todos os problemas. Grande ironia, não?

— Conheci um homem que me apresentou às artes marciais mistas e ao UFC. Foi aí que começou. — As lembranças feias que poluíam seus olhos desapareceram. — Usei toda aquela raiva para treinar, sabendo que um dia eu conseguiria.

Ele havia arrancado a si mesmo de uma vida de pobreza. Kat não fingiu entender aquilo, mas sabia o que era ser julgada por algo que não podia controlar.

— Você conseguiu. E fez as pessoas te enxergarem pelo que você se tornou, não por sua condição de nascimento.

Sloane virou o braço e segurou a mão dela.

— Você arranca mais merda de mim do que qualquer outra pessoa que eu conheço.

Ah, ela gostava disso, mesmo que ele não gostasse.

— Parece justo, já que você faz o mesmo comigo.

— Prontos para a sobremesa?

Kat aproveitou a intrusão da voz do garçom. Sloane lançou um olhar para o prato dela.

— Estamos prontos.

Durante a onda de atividade, enquanto pratos eram recolhidos e a sobremesa era servida, uma combinação flambada de chocolate ao leite, caramelos e nozes-pecã, Sloane manteve a atenção sobre Kat.

Quando estavam sozinhos novamente, ele escolheu um morango, mergulhou-o e o estendeu para ela.

— Abra.

Incapaz de resistir, ela mordeu o fruto que pingava. Tão bom. Ainda melhor era a maneira como Sloane a fazia se sentir normal e desejável. Não precisava fazer um esforço árduo para se ajustar, não precisava medir cada palavra ou ação. Aproveitando o momento — e a atenção exclusiva de Sloane —, ela escolheu uma fatia de banana para ele.

Ele comeu e então capturou o pulso de Kat para lamber uma gota de chocolate.

Um estremecimento percorreu a pele dela, e seus mamilos endureceram com a sensação quente, úmida e um pouco áspera da língua dele.

— Seu gosto é melhor do que o de qualquer sobremesa. — Os olhos dele ardiam sobre ela. — Continue comendo. Segundas intenções, lembra?

Ela estava pronta desde que ele a havia beijado na sala de treino.

— Estou satisfeita. Além do mais, minha fome não é de sobremesa.

Em questão de minutos, eles estavam do lado de fora, na noite fria, indo em direção ao guichê do estacionamento. Assim que o manobrista pegou o ticket, ele levou Kat para a lateral. Pessoas se movimentavam ao redor deles, mas Sloane estava focado em Kat.

— Venha para casa comigo, Kat. Quero mostrar meu atestado de saúde perfeita.

A respiração dela prendeu na garganta. Tinha esquecido daquela história de atestado de saúde.

— Não estou com meu carro. — Ela havia passado em casa depois da academia para tomar banho, e Sloane tinha ido buscá-la depois.

Envolvendo a nuca de Kat com a mão, ele se inclinou para baixo.

— Confie em mim, eu te levo para casa quando você quiser.

Ela podia confiar nele. Ele havia provado. Sempre que Kat estabelecia um limite, Sloane o respeitava. Nem sempre ele gostava, como quando ela lhe havia dito, na última manhã de domingo, que precisava de alguns dias para descobrir se poderia continuar mantendo o acordo que tinham, mas ele respeitava.

— Está bem. Vou para sua casa, mas não tenho nada para te mostrar sobre a minha saúde. — A excitação estremeceu em seu estômago, tanto pela chance de ver a casa dele, como de ficarem juntos a sós. Pequenos arrepios percorreram suas costas.

Ele roçou a boca sobre a dela.

— Sua abstinência sexual te isenta disso.

Ele também confiava nela. Aquilo a ajudava a relaxar e a aproveitar o momento.

— É, um lado positivo de se estar fora de forma.

A Mercedes de Sloane estacionou.

O manobrista saiu, correu pela frente e abriu a porta do passageiro.

— Aqui está, moça.

Sloane se afastou e Kat deu um passo. Seu foco fixou-se na forma como o manobrista segurava a porta... Ela tropeçou e bateu as mãos no capô aquecido do carro. Um terror gélido a apunhalou. Um zumbido encheu seus ouvidos. Linhas cinzentas e grossas serpentearam por sua visão. Kat fechou os olhos com força, lutando contra o ataque.

Um carro deslizando até parar, alguém segurando a porta aberta. Um homem saindo.

Algo cobriu sua boca. Kat não conseguia respirar. Ela lutava, mas seus braços estavam presos atrás das costas.

— Pare! Oh, Deus, Pare! — David gritou.

— Consequências, Dr. Burke.

Um bastão de beisebol voando em direção a...

Não. Ela não cederia ao pânico. Kat abriu os olhos. Endireitando a postura, ela tentou se orientar.

O manobrista correu em sua direção.

Ela deu um salto para trás, não querendo que ele a tocasse, e quase tropeçou. Um braço quente envolveu seu ombro.

— Calma, Kat.

Sloane. O calor dele irradiava através de seu terror, acalmando o pânico selvagem.

— Pode deixar, cara. — Ele passou pelo manobrista e a acomodou no banco.

Segundos depois, Sloane trancou-se no carro com ela e fechou sua mão grande em torno das duas mãos dela.

— Você está fria. — Ele tirou o suéter preto sobre a cabeça e usou-o para envolver Kat como se fosse um cobertor. Depois ligou o carro, ligou o aquecedor e seguiu pela estrada.

O agasalho quente de Sloane tinha o cheiro dele. Ajudava a acalmá-la, assim como sua voz e seu toque tinham perfurado o pânico. Mesmo agora, ela desejava que ele a puxasse nos braços e a abraçasse. Ansiava por isso e se odiava pelo mesmo motivo. Determinada derrotar sua fraqueza, Kat tentou racionalizar sobre o que acabava de acontecer.

— Consequências. — Ela testou a palavra em voz baixa, mas seu estômago revirou.

— O quê?

Ainda não estava pronta para falar sobre os detalhes.

— Foi um *flashback*. Um dos ruins. Foi de repente e eu tropecei.

Ele pegou a mão dela.

— Você está bem? Sua perna?

— Fabulosa. — Repulsa e frustração por ela mesma

fermentavam em seu peito. Não tinha acabado de se parabenizar em silêncio por sua quase saúde mental? No entanto, ali estava ela, tremendo como uma criança assustada. — Humilhar publicamente a mim e ao homem com quem estou é o final perfeito para minha noite.

Sloane cerrou a mandíbula, seus ombros esticaram a camiseta branca, e as veias saltaram em meio aos músculos rígidos de seus antebraços.

Com um tranco, Kat puxou a mão que ele segurava.

— Você está irritado. — Claro que estava. Será que ela não conseguia ficar no controle de seus problemas pelo menos por uma noite? — Pode me deixar em casa.

Silêncio.

Não era tudo familiar demais? O silêncio que gritava decepção por ela. Seus pais eram especialistas naquilo. Eles a estavam ignorando, agora que ela estava saindo com Sloane e exigindo que mantivessem David longe dela. Kat inclinou a cabeça para trás, determinada a deixar Sloane em paz. Ele não tinha feito nada de errado, tinha até tentado ser agradável. Era ela que estava tendo o ataque de mulher irritada.

— Você precisa de uma luta, e estou disposto a te oferecer isso.

Sua garganta apertou, e ela cerrou os dentes para aplacar a vontade de chorar. Precisava sentir, precisava lutar contra a impotência, e Sloane percebia aquilo tudo. Era muito mais fácil quando ela apenas se afastava e não sentia a dor da rejeição e do fracasso. Realmente havia pensado que poderia ser algo próximo de normal?

— Desculpe. Estou descontando em você. — *Que jeito de estragar a noite.*

— Agora estou ficando irritado. Você não tem que pedir desculpas por precisar da minha ajuda. — Ele respirou fundo.

— E fique sabendo, já lutei na frente de milhares de pessoas e algumas vezes eu perdi. Depois disso, muito pouco me deixa envergonhado.

A respiração de Kat prendeu na garganta, e o ar no carro ficou pesado enquanto ela tentava decifrar o que Sloane estava dizendo. Engolir e lidar com a situação como ele tinha feito? Ou era ela quem estava causando vergonha para ele?

— Você faz *algumas coisas* comigo. — Um poste de luz que passava iluminou a intensidade esculpida no rosto dele. — Mas não me envergonha. — Sloane manobrou a Mercedes para dobrar uma esquina. — Chegamos.

O carro diminuiu a velocidade e virou. Um enorme portão de ferro forjado lentamente se abriu, revelando um caminho maravilhoso que serpenteava até chegar a uma casa enorme, emoldurada por luzes tênues de solo. A construção de aparência moderna ostentava ângulos retos brutais e linhas limpas, duras.

Assim como Sloane.

Capítulo 02

Dentro da garagem espaçosa, Sloane lutou para manter sua pressa sob controle. Ele havia ficado tão ansioso para levá-la para sua casa e tirar sua roupa, que não tinha gasto um maldito minuto para acompanhar Kat até seu lado do carro.

— Por que você não me levou para casa? — Ela segurou o suéter mais firme em torno da barriga, olhando fixo para frente.

Foi o suficiente. Ele saiu, deu a volta no carro e escancarou a porta. Pegando Kat pela mão, ele a puxou para fora, tomando cuidado com sua perna.

Ela ficou ali sob as luzes da garagem, com o rosto pálido e apertando o suéter em volta do corpo. Como se a peça de roupa pudesse protegê-la do que tinha visto em seu *flashback*.

O medo a prendia com força, arrastando-a para aquele estado cinzento e entorpecido. Ele não ia deixá-la recuar agora, por isso, bateu as mãos no teto do carro, prendendo-a entre seus braços.

— Olhos em mim.

Ela ergueu a cabeça bruscamente.

Agora que tinha sua atenção, ele suavizou o tom e disse-lhe a verdade.

— Quero você aqui, mas se quiser ir para casa, eu te levo. Fale comigo.

Mantendo as costas rígidas, ela torceu o suéter nas mãos.

— Eu estava me sentindo melhor. — Fez uma pausa. — Até hoje à noite.

Seus olhos assombrados o feriam. Ela não viu o mesmo que ele.

— Você se afastou do carro e assumiu diretamente uma posição de combate. — A que ele havia lhe ensinado. Ela quase conseguiu controlar o pânico, até que viu o manobrista vindo em sua direção.

As mãos de Kat pararam de se mexer.

— Sério?

— É exatamente o que estamos tentando atingir. — Mesmo com algo como um *flashback*, o reflexo de luta lhe daria o controle sobre pânico. O orgulho dentro dela alimentou o sorriso de Sloane. — Você é minha lutadora. — Passando-lhe os dedos pelos cabelos sedosos, ele esforçou-se para conter o desejo feroz de tê-la em sua cama noite afora. Depois de três dias à espera de uma decisão dela, além de ter de lidar com todas as merdas acontecendo em sua própria vida, ele ansiava por ela. Tocá-la alimentava aquele poço vazio que existia no seu interior. — E você é minha amante. É por isso que te quero aqui. Agora responda à minha pergunta: você quer ficar?

Um pouco da tensão em Kat se esvaiu.

— Quero.

Alívio deslizou pelas terminações nervosas do corpo dele.

— Que bom. — Sloane agarrou o suéter, soltou-o das mãos dela e o jogou dentro do carro, batendo a porta em seguida. — Você precisa de algo em que se segurar, hoje você tem a mim, a noite inteira. — Queria que ela o abraçasse, não que ficasse agarrada a um maldito agasalho.

— Quer que eu passe a noite aqui?

Má ideia. Sloane nunca havia arriscado ter uma mulher que passasse a noite em casa. E agora? O pior de todos os momentos. Merda. Mas bastou um olhar para Kat e ele não conseguiu mudar de ideia.

— Quero.

— Então, vamos entrar na casa? — Ela olhou ao redor, antes de acrescentar: — Ou vamos dormir em um destes carros?

Ah, mas iam entrar e iriam diretamente para o quarto. Porém, primeiro, ele pretendia apagar o ataque de pânico da cabeça dela.

— Precisamos de alguns minutos de privacidade.

Recuando, ela agarrou o antebraço de Sloane.

— Tem alguém na sua casa? Pensei que você morasse sozinho. Você me disse que o seu motorista morava numa casa de hóspedes dentro da propriedade.

— Não o Ethan. Um amigo se mudou pra cá recentemente. Ele... não está bem. — Porra, Sloane não ia pensar naquilo agora. — O que fez seu *flashback* ser ruim?

Torcendo as mãos, ela franziu a testa.

— Quando vi o manobrista, tive uma lembrança repentina de alguém segurando a porta do carro aberta e de um cara saindo. Depois, outro lampejo e meus braços estavam presos nas minhas costas.

Com cuidado, Sloane puxou e separou os dedos esbranquiçados de Kat e pressionou as duas mãos na lateral de seu corpo.

— Segure-se em mim. — Assim que ela apertou-lhe a cintura, ele perguntou: — Você nunca se lembrou disso antes? — Um pensamento mais sombrio o atingiu como um soco: — Você reconheceu o manobrista?

Ela negou com a cabeça.

— Acho que não. Não vi rostos, nada do tipo. — Ela respirou e cravou os olhos nos dele. — David os conhecia. Eles apareceram e disseram "consequências" ao David. Essa parte foi como meus outros *flashbacks*, só que desta vez eu vi o bastão.

O bastão. Cristo. O que tinham feito com ela... Por que seus pais ricos não haviam colocado um exército de detetives particulares no caso e encontrado aqueles malditos filhos da mãe? Se Kat fosse sua filha, ele teria perseguido os bandidos até os confins da terra.

E os matado.

— David está escondendo alguma coisa, e o que quer que seja, é ruim. — Os olhos dela estreitaram com raiva.

Merda. Ele não poderia ser sugado para aquilo. Não naquele momento, quando estava perto de seu próprio objetivo. Aquele que o conduzia desde a descoberta do corpo de Sara.

— Naquela manhã, na confeitaria, David disse: "Você tem que deixar isso para lá. Venho tentando te proteger. Mantenha sua boca fechada e aceite que fomos assaltados naquela noite". — Ela engoliu em seco e, em seguida, atingiu Sloane com toda a força de sua expressão de fúria. — Ele não quer que eu lembre. Quem quer que tenha nos atacado naquela noite, ainda é uma ameaça.

As entranhas de Sloane deram um nó.

— David ferrou com as pessoas erradas. Fique longe dele. — Pelo menos ela não trabalhava mais na Sirix. Quando Kat se demitiu, seus pais a cortaram até mesmo dos lucros do negócio familiar. Assim estaria segura. Tinha de estar.

— Por enquanto.

Sloane olhou feio para ela.

— Kat...

Uma determinação ferrenha fez Kat empinar o queixo.

— A decisão não é sua. Estou treinando porque quero ficar livre para viver a minha vida, não para me esconder de David e dos segredos dele. — Ela sorriu, o que transformou seu rosto por inteiro. — Aí vou dar uma surra nele e fazer com que me conte a verdade.

A força e a resistência que ela mostrava o atingiram como um soco. Tinha sido golpeada por um *flashback* havia menos de uma hora e ali estava ela, pronta para revidar. O acordo que Sloane tinha feito era: ensiná-la a se defender. Por que estava se enroscando em preocupação com qualquer outra coisa, quando tinha aquela mulher bonita em seus braços?

— Apenas se eu estiver presente para assistir.

Kat era sua enquanto durasse a noite. Segurando-lhe o pescoço, ele desceu o polegar pela pele lisa de sua garganta.

— Seus sentidos estão amortecidos? Ou você está sentindo?

Um calor floresceu no rosto dela.

— Sentindo. — Engolindo em seco, ela foi subindo com a palma das mãos pelas laterais do corpo dele. — Quero continuar sentindo.

Os olhos dela imploravam, suplicavam e, acima de tudo, o enxergavam. O olhar dela não o ignorava, como o das pessoas quando ele era criança, nem tinha o traço calculista que seus outros casos tinham. Ela não havia lhe pedido absolutamente nada a não ser para ensiná-la a lutar e fazê-la sentir.

Com entusiasmo, ele tocou sua boca na dela. Frutas cítricas e gosto forte de chocolate. Puxando-a mais apertado contra o peito, ele afundou em sua boca, degustando, saboreando. Ainda não era suficiente. Enfiando a mãos por sob a blusa dela, Sloane abriu bem as palmas pela barriga chapada, para acariciar a pele sedosa.

Porra, ele queria tudo dela. Mas não ali.

Interrompendo o beijo, ele gemeu em seu rosto corado, na boca inchada. Os olhos de Kat estavam arregalados e brilhantes de desejo. Ele passou polegar sobre seu lábio inferior.

— Não vou te comer encostada no carro, na minha garagem. — Um calor incendiava os olhos dele. — Isso seria um erro.

Ela chupou o dedo em sua boca. A língua quente e molhada lambeu e arrancou outro gemido dele, mas Sloane não deixou de observar o brilho ardente nos olhos dela.

— Você quer que seja na parede? Quer que eu enfie meu pau em você tão forte, que você não sinta nada a não ser eu, até te fazer gozar? Acha que vai aguentar isso?

Ela estremeceu, seus dedos cravando nas laterais do corpo dele.

— Acho. Eu aguento. — Sua respiração prendeu na garganta. — E eu quero.

Porra. O sangue dele ferveu e inchou o pau brutalmente contra seu zíper. Assim que estendeu a mão para ela, Sloane se lembrou dos exames de sangue.

— Merda. — Ele enfiou a mão no bolso, puxou o celular e rapidamente encontrou a tela que ele queria. — Meus resultados dos exames de sangue.

Ela passou os olhos pela tela.

— Você fez o exame na segunda-feira.

Logo cedo, no primeiro horário.

— Você não pode se arriscar com o metal na sua perna. — Infecções ou doenças poderiam ser mais graves para ela do que para maioria das pessoas. — A decisão é sua. Posso usar camisinha. — Kat havia lhe dito que tomava anticoncepcional e, ao contrário da maioria das mulheres, ele confiava nela. Sloane prendeu a respiração, lutando contra seu desejo furioso de deslizar para dentro do corpo dela sem barreiras, sem nada entre eles.

Kat devolveu o celular.

— Sem camisinha.

Sloane perdeu o controle. Pegou-a nos braços, e com isso, arrancou dela um gritinho.

— Estou te segurando. — Ele a carregou para dentro, subiu as escadas até o quarto e fechou a porta com um chute.

Kat cravou os dedos nos bíceps dele.

— Não me trate como se eu fosse limitada.

Isso o colocou em ação, e ele tomou a boca dela, destruindo a última palavra. *Limitada.* Ela não era limitada. O gosto dela alimentava sua fome, inflamava sua necessidade. Apoiando-a contra a porta, ele abriu-lhe as pernas e roçou a ereção no calor dela, através das roupas.

Kat sugava a língua dele, cavalgando na coroa de seu pênis.

Cada instinto que ele tinha se acendeu para dar à Kat o que ela precisava. Fazê-la gozar. Fazer com que o sentisse e apenas ele. Sem medo para aterrorizá-la.

Sloane afastou a boca da dela, procurando ar.

— Estou te tratando como se você fosse frágil? Ou como a mulher pela qual estou com tanto tesão, que vou arrancar sua roupa e te foder contra parede? — Assim como ele queria ter feito na academia.

— Sem se conter. — Ela se agarrou aos ombros dele. — Preciso me sentir viva. Inteira. Não limitada.

A palavra novamente. O maldito *flashback* tinha mexido com a autoconfiança dela. Colocando-a no chão, Sloane puxou a blusa e o sutiã dela. Arrancou a calça jeans e a calcinha. Puxou a própria camisa sobre a cabeça e então fez uma pausa.

Kat estava em pé, encostada na porta, seu cabelo se derramando sobre os ombros. Sua pele brilhava à luz suave, seus mamilos pequenos e doces estavam duros como pedra. Barriga lisa até sua faixa de pelos. Com as pernas ligeiramente abertas, ele podia ver o clitóris, à espreita, molhado e inchado. Pronto. Ela precisava daquilo com tanta força quanto ele.

O sangue de Sloane ribombava e seu pau esticava as calças, com ânsia de dar à Kat o que ela queria. Ele tirou o jeans e trouxe-a para seus braços. A pele era quente contra a sua, sem nada entre eles. Sem roupa, sem camisinha e sem *flashbacks* que a torturassem. Apenas eles.

Segurando-a contra a parede com um braço, ele manteve os olhos nos dela enquanto deslizava os dedos pela abertura de seu sexo.

— Você está molhada e escorregadia. Está com fome do meu pau? — Com o dedo cheio dos fluidos dela, ele circundou o clitóris. Em segundos, o pequeno botão latejava.

— Estou. — As mãos dela apertavam seus ombros, e as pálpebras ficaram entreabertas.

Sloane deu um leve beliscão no clitóris.

Os olhos dela se abriram o suficiente para que ele pudesse ver as pupilas se dilatarem.

Ah, agora ele tinha toda a atenção dela.

— Também estou com fome de você. — Agarrando o membro, ele o pressionou contra ela. A umidade suave acariciou sua cabeça sensível. Enrijecendo as costas, ele lutou contra a vontade de penetrá-la com força. Ambos precisavam de mais do que só aquilo. — Não apenas da sua boceta, mas com fome de você inteira. — Essa verdade foi arrancada de dentro dele. — Quero te ver quando fizer você sentir o bastante para se entregar e gozar para mim. Não desvie os olhos.

Os lindos olhos se fixaram nele.

— Também quero ver você.

Firmando os pés para manter o controle, ele penetrou a abertura sedosa. Nada nunca teve aquela sensação. As paredes macias se esticavam em torno dele como uma luva, feita para caber. Ao mesmo tempo, os olhos dela se encheram de desejo e de algo maior. Mais profundo. Ela não escondia nada dele.

Kat cravou as mãos em Sloane enquanto ele penetrava, lenta e profundamente. Ele era tão grande, que ela se esticava em torno dele com um atrito escaldante que o fez gemer. Quando ele fez um movimento circular com os quadris, o pênis roçou o ponto G, e ela se acendeu. Ondas de prazer inflamaram suas terminações nervosas. Ela arqueou para trás, desesperada por mais, quando se lembrou de que ele a estava segurando. Ele poderia deixá-la cair.

Um surto de pânico sacudiu pelo corpo dela.

As mãos de Sloane apertaram seus quadris. Ele se inclinou mais para perto, seus olhos castanhos acesos com um tom escaldante.

— Você está comigo. Não vou te soltar. Apenas sinta, linda. Não se preocupe.

Ele não a deixaria cair. Confiança disparou uma nova onda de desejo doce e afiado. Era o que ele fazia com ela, arrancava seus filtros até sentir cada toque e palavra com força total. Todo o resto esvaiu-se para longe, menos Sloane. Ele fez mais um movimento circular, penetrando suas profundezas com força apenas suficiente para disparar mais jatos de prazer frenético pelo âmago de Kat.

Um gemido irrompeu do peito dela. Mais, ela precisava. Ansiava. Agarrada nos braços dele, ela travou os tornozelos em torno da cintura de Sloane e o cavalgou. Cada investida aumentava a agonia sensual, levando-a mais alto até que ela ofegasse quase com soluços.

— Porra. Sua boceta está me apertando forte. Você vai gozar. — A mandíbula de Sloane apertou, seu pescoço inchou, a pele estava lisa de suor. Ele estocou mais forte, mais profundo.

Ao mesmo tempo, seus olhos perfuravam os dela, enxergando-a totalmente.

— Se entregue, goze.

Um prazer feroz e repentino fez Kat arquear as costas, batendo a cabeça na porta. Os espasmos quentes agarraram seu corpo, onda após onda.

— Oh, Deus. — Ele passou um braço em volta da cintura dela e, juntos, eles giraram. Os ombros dele bateram na parede. Sloane a abraçou e bombeou, duro e rápido, seus ombros e peito ondularam junto. Suas narinas se dilataram, a boca abriu como o desejo selvagem que tomava conta dele. Com uma última investida, seu pau ficou mais grosso, mais rígido, quente o bastante para marcá-la, e sua semente explodiu dentro dela.

Quando ambos estavam sentindo os pequenos tremores

depois do orgasmo, ele colocou a cabeça dela em seu ombro.

— Você não é limitada. — Ele beijou seu cabelo, enquanto acariciava as costas. — É linda.

A ternura quase fez Kat derreter, tocando-a profundamente, atingindo a parte dentro dela que ansiava por ser tocada, elogiada e cuidada. No entanto, Sloane tinha sido honesto e dito que ele não tinha interesse em romance e em relacionamentos sérios.

Então o que era aquele calor que fluía como um rio suave em seu peito e barriga? Era apenas um brilho pós-orgasmo. Era só o que poderia ser.

Não importava o quanto a sensação fosse boa.

O luar se derramava através da claraboia no banheiro enorme. Os jatos faziam a água quente borbulhar, e o vapor subia em espirais. Kat estava entre as coxas de Sloane, as costas pressionadas contra o peito dele, que estava com as mãos cruzadas sob seus seios.

— Como era lutar na frente de todas aquelas pessoas? Você não ficava nervoso? — Pessoas olhando para ela geralmente a deixavam nervosa.

— Não exatamente. Eu sentia uma onda de adrenalina. Quando eu entrava na arena, só pensava em ganhar. Era só o que importava.

Ela passou os dedos através das bolhas espumantes e tentou decifrar Sloane. Ele parecia frio e determinado quando dizia coisas como aquelas. Porém, tinha sido gentil e paciente após seu ataque de pânico. Quem era ele? Qual era o verdadeiro Sloane?

— Por que você parou de lutar?

— Eu estava pronto para um novo desafio.

A irritação borbulhou no peito dela.

— Agora diga o motivo real.

As mãos dele mal tremeram contra sua caixa torácica, mas Kat percebeu. Será que ele mudaria de assunto? E por que diabos ela continuava pressionando para saber mais a respeito dele? Ela queria terminar a relação com o coração partido?

— Não teve um motivo só. Parte dele foi que eu estava evitando ter uma lesão grave que pusesse fim à minha carreira. Tive pequenas, como dedos quebrados. — Ele ergueu a mão esquerda. — Quebrei o indicador e o mindinho. — Abaixou a mão. — Também quebrei o nariz, tive cortes e distensões musculares, mas minha sorte não iria durar para sempre, não importava o quanto eu fosse bom. — Sloane segurou um seio na palma e inclinou-se perto do ouvido dela. — Eu sou bom, Kat.

Os mamilos dela enrijeceram, e as palavras dele lançaram um arrepio pela pele exposta.

— Estamos falando sobre luta ou sobre sexo?

— Os dois.

Ele estava tentando desviar a sua atenção? Por quê? Ela pressionou-o para mais.

— Então uma lesão foi parte do seu motivo. E os outros?

— Dinheiro. Poder. — Ele fez uma pausa, olhando por cima do ombro de Kat, enquanto arrastava os dedos pela barriga dela. — Nunca mais vou ser aquele garoto indefeso novamente. Então eu procurei oportunidades de expandir e crescer. Comecei representando lutadores. Estudei como outros homens e mulheres poderosos se tornaram bem-sucedidos e aprendi. Aprendi também com aqueles que falharam. Algumas coisas funcionaram, outras não, mas eu consegui construir a SLAM.

Gerenciar seu próprio pequeno negócio dava à Kat conhecimento suficiente para saber que o feito de Sloane era espetacular. E ainda existia algo a mais a respeito dele. O que ele queria? Havia deixado claro que ele não estava à procura de uma família, e daí? Mas ela não era burra o suficiente para perguntar isso e depois se encontrar numa rápida e silenciosa viagem para casa.

— Conseguiu muita coisa em trinta anos. Você é um homem impressionante. — Então, o que ele estava fazendo com ela?

— O que trouxe o assunto da minha carreira de lutador?

— Quando estávamos no carro, você mencionou perder lutas na frente de milhares de pessoas. — Ela encolheu os ombros, tentando pensar em como expressar seus pensamentos. — Você não tem ataques de pânico.

Apalpando o queixo dela, Sloane levantou-lhe o rosto para encontrar o dele.

— Eu queria que as pessoas me vissem. Queria estar bem na cara delas e forçá-las a me enxergar. — Era por isso que ele exigia atenção. — Você se escondia. Se escondia em si mesma para se proteger. Quando te vi pela primeira vez, você estava escondida atrás de uma coluna.

— Então por que você me viu? — Todas aquelas mulheres sofisticadas em vestidos bonitos e ele havia se concentrado nela. Não fazia sentido.

— As mechas cor-de-rosa no seu cabelo.

— Lavanda.

Os lábios carnudos de Sloane se contraíram.

— Tanto faz, linda, aquelas mechas gritavam "*Olhe para*

mim. Eu sou assim e se você não gostar, cai fora". Eu quis você ali. — Ele acariciou sua mandíbula. — Ainda quero você agora.

A boca dela secou.

— Por causa das minhas mechas.

— Você parecia encurralada, mas mesmo assim, me enfrentou bem ali, na frente de centenas de convidados. Poderia muito bem ter acenado uma bandeira vermelha na minha cara. — Os olhos castanhos assumiram um brilho predatório. — Eu estava determinado a te encontrar depois daquilo.

Sexy ou perseguidor? Entretanto, diferente de David, Sloane nunca a tocava quando ela dizia não.

— Aqui estou eu, nua em uma banheira com você. — Algo que ela teria achado ser impossível um mês antes. — O que você vai fazer comigo?

Sloane puxou-a para seu colo, virando-a para que ela se sentasse em sua coxa esquerda, capaz de ver seu rosto. A água espirrava e borbulhava em torno deles.

— Porra, mulher, você gosta de flertar com o perigo.

— Eu? — ela ironizou. — Sou a confeiteira que se esconde, lembra?

— Não comigo. Você gostou quando eu te peguei com força contra a parede. O perigo de confiar em mim para te segurar enquanto eu te fodia te deixou excitada. O perigo de saber que, mesmo quando eu gozei, não ia te deixar cair. — Sloane fez uma pausa. — Te excita o perigo e a vontade de testar seus limites.

O pulso dela acelerou, e os nervos ficaram tensos.

— Você é uma má influência. Eu costumava ser uma boa menina. — Ele não estava errado, porém. Quando a desafiava em treino ou em sexo, ela gostava muito.

— Você não gostava de ser boazinha. — Ele desceu a palma pela lateral do corpo dela e apalpou o quadril. — Me conte alguma fantasia sua que te torne má.

Mesmo sob a água, o toque dele a queimava, e a voz baixa e desafiadora a fazia se sentir corajosa.

— Só porque tenho uma fantasia, não significa que eu quero.

— Tão ruim assim?

Era realmente tão ruim?

— A culpa é sua, você me deu a ideia. — *E sabe o que mais?* Acabou que ela era dona de uma imaginação que ia além de confeitaria. Porque tinha imaginado muito vivamente.

Ele desenhou círculos lentos em sua barriga.

— Você pode me dizer.

As palavras dele eram muito sedutoras e graves enquanto ele tocava sua barriga.

— Apanhar. — Era completamente oposto a tudo o que ela tinha sido criada para ser. Educada, controlada e bem-sucedida, elegante, preocupada com o que os outros pensavam. — Por que uma mulher adulta iria querer apanhar?

Sloane gemeu. Seu pênis engrossou contra o quadril dela.

— Apanhar durante o sexo é excitante. Um pouco de encenação, fingir que você está sendo castigada. Eu faria você tirar a roupa e se curvar no meu colo. Você ficaria exposta e à minha mercê.

As dobras dela incharam e doeram, e, ao mesmo tempo, seu coração batia com trepidação. Ela poderia fazer aquilo? Por que ela queria?

— Os primeiros tapas ardem, e isso vai atrair sua atenção. Se você aguentar, a dor vai atravessar as barreiras na sua cabeça para aumentar seu prazer cada vez mais até que seu orgasmo atinja uma força nuclear. — Ele respirou. — Querer algo assim não é errado com alguém em quem você confie.

— Não estou pronta para isso. — Ele tinha sido honesto com ela, explicado o assunto com a mesma naturalidade com que fazia um movimento de autodefesa, por isso, ela lhe disse a verdade: — Me excita e me assusta.

Ele a olhou, enquanto segurava seu queixo.

— Você vai me dizer quando quiser experimentar?

— Você está duro, estou sentindo seu pau. Está vendo? Sua respiração ficou mais rápida. Bater em uma mulher é algo de que você gosta? — Kat não sabia como se sentia a respeito.

Ele a observou com atenção.

— Não tenho nenhuma necessidade de causar dor a uma mulher. Não é a minha praia, mas eu adoro a sua bunda. Pensar em ter você debruçada no meu colo desse jeito, deixa meu pau duro como pedra. — Seu sorriso se alargou. — Se eu bater em você, gatinha, vou te fazer gozar com força. Depois vou te foder e te fazer gozar de novo. Pergunto de novo: você vai me dizer se e quando estiver pronta?

Como ele tornava aquilo tão simples?

— Vou.

— Essa é a minha menina má. — Ele a pegou, saiu da banheira, rapidamente secou eles dois e os acomodou na cama. — Te contei sobre a minha fantasia? Envolve a sua boca no meu pau.

Kat estava no clima de realizar a fantasia.

Ela acordou sozinha na cama de Sloane. A voz dele veio através das portas francesas que se abriam para o oceano. Um olhar para o relógio mostrou que eram 5h30. A curiosidade tirou-a da cama. Kat pegou um roupão e saiu.

Sloane andava de um lado para o outro na varanda, os músculos de suas costas nuas, ombros e braços flexionando-se. Tinha vestido uma calça de moletom. Estava sem sapatos.

— Não fale com eles, Olivia. Nem uma palavra, ou o dinheiro acaba.

Kat se encolheu com a fúria que congelava a voz dele.

— Mantenha-me informado. — Ele girou ao encerrar a chamada e avistou Kat. — Entre, está frio.

Kat mal sentia o frio. Não conseguia desviar a atenção que estava concentrada nele, a intensidade que esculpia seus músculos e tendões em linhas severas.

Ele passou o dedo sobre a tela do celular e fez outra chamada.

— Liza, tem um repórter bisbilhotando a Olivia. Descubra quem é e acabe com a história.

Kat ficou ali, como uma idiota, sem saber como processar o que estava acontecendo.

Sloane caminhou por ela, além da cama, e continuou indo para a área de estar ao lado da lareira. Parou num conjunto de telas montadas na parede, tocou um teclado, e os monitores ganharam vida.

Kat levou um segundo para entender o que estava vendo nas telas de uma meia dúzia de pontos de vista diferentes da frente da casa de Sloane, inclusive fora dos portões. Câmeras de vigilância que funcionavam 24h por dia, sete dias por semana deviam ser parte de seu sistema de segurança.

— Porra. — Ele puxou o telefone de volta para o ouvido. — Ethan, repórteres na frente da casa. Despiste-os. — E desligou.

Ela não tinha ideia do que fazer. Era por causa da empresa? Era pessoal? Apertando mais o roupão em volta do corpo, ela olhou em volta, à procura de suas roupas.

— Café? — Sloane foi até o balcão de granito, no canto do quarto. Ao lado, havia um pequeno frigobar, uma máquina de café e quem sabia o que mais?

— O que está acontecendo? Você precisa sair? — Kat cruzou o espaço entre a cama de dossel escura e a lareira de mármore, em direção à área de estar.

Depois de programar a cafeteira, Sloane pegou creme e açúcar para fazer a primeira xícara de café do jeito que ela gostava.

— É melhor esperar para ver se Ethan consegue afugentar os repórteres. Eu não quero que eles te vejam.

Não, ela não ia engolir. Sloane já tinha aparecido em público com ela, não estava escondendo Kat como um segredo ilícito. Tinha certeza de que a intenção de Sloane era proteger sua privacidade ou algo nesse sentido. Ela pegou a xícara.

— Que história é essa? — Sua curiosidade borbulhava. Pela forma como ele tinha falado ao telefone, Kat supunha que Liza trabalhava para ele. — Quem é Olivia? — Sabia muito pouco sobre a vida de Sloane.

Ele deslizou outra xícara sob o gotejamento e começou a enchê-la de café. Seus ombros estavam rígidos com a tensão.

Ia responder ou simplesmente ignorá-la? Sloane estava fechado, havia se tornado um homem diferente de quem tinha passado a noite anterior com ela. Incomodada, Kat tomou um gole do café quente.

— Olivia é minha mãe. — Ele agarrou a borda do balcão.

Kat baixou a caneca.

— Era com a sua mãe que você estava falando na varanda? Você a chama pelo nome?

— Chamo.

— "O dinheiro acaba" — Kat repetiu o que o tinha ouvido dizer. — Você paga para ela não falar? Sobre o quê? Você? Você fez alguma coisa...?

— Repórteres. Se eles pagarem Olivia, ela pode dizer qualquer coisa. Não confio nela. Então eu pago mais do que a todo mundo, para mantê-la de boca fechada.

Isso fazia os problemas que Kat enfrentava com os pais parecerem muito próximo de bobos. Pagar a mãe dele para não falar?

— Você não estava brincando quando disse que vocês dois não eram próximos. — Mas, na verdade, Sloane havia lhe dito que passou algum tempo em lares adotivos. Poderia haver uma boa razão para o que tinha acontecido; talvez sua mãe tivesse ficado doente. Mesmo assim, para uma criança, aquilo devia ter sido como a pior das traições.

A grande mão de Sloane circulou a caneca restante, fazendo-a parecer um objeto de criança. Ele encarou Kat.

— Não temos proximidade nem mesmo física. Ela está na Flórida, o único estado que evito.

Kat não sabia como ajudá-lo. Sloane estava friamente aborrecido.

— Sinto muito. Alguma vez vocês se veem?

— Uma vez por ano. No aniversário da Sara.

Sua irmã morta, aquela cuja inicial ele tinha tatuado no bíceps direito.

— Para lembrar Sara?

Ele olhou para fora das portas francesas abertas, seu perfil estava irregular e implacável. — Para nos punirmos.

— Mas você não a vê no seu aniversário? — O que ele dizia simplesmente não fazia sentido. Sua mãe havia perdido uma filha. Ela não iria querer passar mais tempo com Sloane?

— Não comemoro meu aniversário. — Ele apoiou a xícara. — Vou tomar um banho. — E desapareceu atrás da porta do banheiro.

Trancando Kat do lado de fora.

Oh, Deus, o que tinha acontecido com a irmã dele?

Capítulo 03

Movendo-se em silêncio, Kat desceu as escadas curvas e chegou a uma sala enorme. O lado oeste da casa de Sloane era de painéis de vidro que iam do chão ao teto, com vista para o Oceano Pacífico. Andando pelo hall de entrada, que fluía para uma área de estar formal, ela passou por uma lareira dupla face deslumbrante, que separava de um lado o espaço formal da sala e, de outro, a cozinha e a sala íntima.

Nossa, aquela cozinha fazia Kat babar. Uma enorme ilha central, grande o suficiente para dois adultos dormirem em cima. Ainda melhor, tinha uma pia dupla profunda, tornando aquele um espaço de trabalho dos sonhos. Quatro banquetas altas com assentos e encostos acolchoados estavam alinhadas na borda externa. A cozinha também tinha aparelhos top de linha e iluminação excelente. O cômodo lhe dava coceira para preparar e assar alguma coisa.

Kat olhou para a área de estar. Uma TV de tela plana havia sido fixada acima da lareira. Um sofá de couro e algumas poltronas — tudo grande o suficiente para ser confortável a uma sala cheia de homens do porte de Sloane — estavam em torno de um tapete requintado, que provavelmente rivalizava com o custo do apartamento de Kat. A sala inteira tinha um ar de riqueza descontraída.

Sem saber o que fazer, se esperar por Sloane ou se descobrir uma maneira de chegar em casa, Kat explorou a cozinha e descobriu uma despensa onde podia entrar. Já que estava presa em uma cozinha tão grandiosa, Kat a usaria. Localizou farinha, açúcar refinado, fermento, canela e óleo vegetal. Se conseguisse filar um pouco de leite, manteiga e...

— Olá, moça bonita.

Kat girou nos calcanhares rapidamente. Seu joelho direito dobrou, e ela agarrou a prateleira mais próxima, segurando-se antes que caísse de bunda.

— Oh! — Sugando ar, ela observou o homem alto e magro, inclinando-se, cansado, contra o batente da porta da espaçosa despensa.

— Sou Drake. E você é?

O coração dela martelou no peito, mas Kat se lembrou de que Sloane tinha um amigo em casa com ele.

— Kat. Eu sou, é... — Droga, ela se chamaria do quê? — Amiga do Sloane.

— Bem, Kat, no momento você parece um pouco encurralada. Vem para fora, assim você não se sente presa na despensa. — Ele se arrastou lentamente para trás.

Kat franziu a testa. Sloane havia dito que Drake não estava bem.

— Você só me assustou — assegurou ela. Sloane teria contado a Drake sobre seus ataques de pânico?

— Você estava se concentrando em algo.

— *Muffins* de mirtilo. Sabe se o Sloane tem frutinhas frescas ou congeladas? — Que idade tinha Drake? Era quase tão alto quanto Sloane, mas mais velho e muito mais magro. Sua coloração amarelada sugeria que ele não estava apenas indisposto; estava muito doente.

— No freezer. — Seus olhos se iluminaram. — Você vai fazer *muffins* de mirtilo? Agora?

— Você gosta?

— Pode crer. — Drake abriu o enorme freezer de aço inoxidável e tirou um saco de mirtilos. — Me diga o que fazer. Eu ajudo, se puder ganhar alguns *muffins*.

— Claro. — Pela primeira vez naquela manhã, ela se encheu de energia. — Você gosta de cozinhar?

— Gosto de comer. Ou gostava, até a maldita químio e a radioterapia. Depois o Sloane contratou uma equipe de enfermeiros e nutricionistas, e eu juro que eles tiram toda a alegria da comida. — Drake balançou a cabeça em desgosto.

Quimioterapia. Radioterapia. Câncer. Kat sentiu as palavras ressoaram através de suas células. Sloane era próximo o suficiente daquele homem a ponto de levá-lo para a própria casa. Havia contratado especialistas para ajudar Drake. Antes, Kat receava que Sloane não tivesse ninguém por ele e agora ela suspeitava que tinha — esse homem.

E ele estava muito doente.

Kat estava fazendo algo errado? Algumas pessoas aderiam a dietas especiais, acreditando que ajudaria o corpo a combater doenças. As pessoas deveriam fazer o que lhes desse uma sensação de poder sobre seu quadro clínico. Será que ela estava ultrapassando limites ali?

— Talvez não seja uma boa ideia.

Ele afundou em uma banqueta, como se Kat tivesse chutado o cachorro dele.

— Nada de bolinhos? Nem mesmo um?

Droga. Ela era uma completa desmancha-prazeres.

— Vou tentar, mas Sloane pode... é, eu poderia ter de ir embora. — Não cabia a ela revelar informações pessoais de Sloane. Kat procurou nos armários e encontrou o resto do que precisava. Depois de colocar a farinha e o açúcar na frente de

Drake, ela lhe pediu para medir as quantidades.

— Ele pode esperar. Quero *muffins*.

Kat sorriu.

— Há quanto tempo você conhece o Sloane?

— Há muito tempo. Quinze anos provavelmente. O que eu não consigo entender é por que você está aqui sozinha. Ele fugiu para a academia ou para o trabalho e te deixou?

Kat sacudiu a cabeça e passou-lhe a assadeira de bolinhos para ele colocar os papéis de assar.

— Ele está tomando banho. Pensei que podia encontrar alguma coisa para o café da manhã. — Não era exatamente a verdade. Ela havia se sentido inquieta e fora de lugar. Era esse o motivo que a levara à cozinha. — Nem sei se ele toma café da manhã. — Ela cuidadosamente misturou os mirtilos na massa. — Em especial carboidratos e gordura... Sloane... bem, ele se mantém em forma.

— Forma? Humf. O garoto treina como um demônio. Normalmente, de manhã cedo, ele está na academia e vai também muitas vezes depois do trabalho.

Depois de colocar a massa no forno pré-aquecido, ela olhou para Drake.

— Treinar? Ele não luta...

— Kat?

Ela girou na direção da voz de Sloane, segurando-se no balcão.

Ele caminhou com passadas amplas até a cozinha, vestindo um terno matador e uma expressão sombria.

— Você ainda está aqui.

Foram necessárias todas as suas forças para não

explodir com ele. Mantendo as coisas leves, Kat disse:

— Estou sem carro, lembra?

Ele cruzou o espaço até ela e levantou o rosto.

— Eu não quis falar de forma grosseira. Saí do chuveiro e você não estava. Pensei que talvez tivesse ido embora.

— Roubando seu carro? Pense, Sloane. Você já viu a minha taxa de sucesso em entrar num táxi. — Tinha sido humilhante, mas Sloane havia levado na esportiva.

— Eu teria te dado as chaves do meu carro, fofa — Drake ofereceu. — Depois que os *muffins* ficassem prontos.

— Cale a boca, Drake. Ela não precisa do seu carro.

— É? Então, por que esta menina linda está aqui embaixo, enquanto você está no chuveiro? Que idiota você. — Ele fez um ruído de desdém com o nariz. — Mas bom para mim. Faturei *muffins* de mirtilo.

Kat se engasgou com o riso. Ela gostou de Drake, de verdade.

— Os *muffins* já ficaram prontos? — Sloane passou o polegar pela bochecha dela. — Ele não vai ser capaz de falar com a boca cheia.

Kat olhou para o cronômetro.

— Quase.

— Na verdade, ele está certo.

— Por você ser idiota?

Sloane sorriu.

— Por você ser linda. E sim, eu sou um idiota. — Ele ergueu Kat, colocou-a sobre o balcão e a beijou.

Sua boca quente roçou a dela, expulsando todo o resto, incluindo o fato de que estavam em sua cozinha e proporcionando a Drake uma visão da primeira fila.

Sloane torceu o cabelo dela na mão, puxando sua cabeça para trás e invadindo sua boca. O gosto dele inundou a boca de Kat, creme dental de menta, café e o sabor mais rico e mais viciante que Sloane tinha. Ela afundou os dedos em seus cabelos, enredando a língua com a sua.

O som da campainha do forno penetrou o nevoeiro sexual. Kat se afastou.

— *Muffins*. Café da manhã.

— Eu pego — disse Drake. — Vocês dois apenas continuem.

A atenção de Sloane acompanhou Drake, enquanto este lentamente dava a volta no balcão.

O coração de Kat doeu por causa das sombras que espreitavam nos olhos de Sloane, do peso que ele sustentava. A preocupação era muito evidente.

— Calorias vão fazer bem — disse ela, em voz baixa, colocando a mão no rosto dele. — Quaisquer calorias que ele puder segurar no estômago.

O olhar de Sloane atingiu o dela, sua expressão era tão crua e exposta, que Kat podia sentir sua dor. Ele encostou a testa na dela.

— Estou feliz por você estar aqui.

— Eu também. — Pela menos uma vez, ela estava cuidando de Sloane.

— Não quero que você saia. E com toda certeza não quero que você chame a atenção dos repórteres. Eles vão te perseguir.

— Não vou falar com eles. — Ele não tinha de pagar para ela para manter a boca fechada. — Não importa o que aconteça, mesmo quando você me irrita, eu não funciono dessa forma. Não precisa se preocupar com isso.

— Merda, Kat. Não é isso. — Ele enfiou a mão debaixo da blusa dela, pressionando a palma em suas costas. — Se apenas entrassem na sua confeitaria, você conseguiria lidar com eles. Mas vão te seguir e te encurralar quando você não estiver preparada.

Isso seria péssimo, Kat tinha de admitir.

— Está bem.

Ele afastou a cabeça para trás, e a surpresa suavizou suas feições.

— Não está zangada?

— Não. — Era a verdade. Se um repórter a encurralasse do lado de fora da confeitaria, ela poderia ter um ataque de pânico. Apesar da manhã espinhosa, Sloane estava pensando nela. — Você realmente não precisa se preocupar comigo. Vá para o trabalho. Quando os repórteres forem embora, eu pego uma carona. Não tenho que estar na confeitaria antes das onze.

Drake pigarreou.

— Pode levar meu carro, Kat. Não preciso dele. — Ele jogou umas chaves no balcão. — Obrigado pelos *muffins*. Vou levar mais um para o meu quarto comigo. — Olhando para Sloane, Drake acrescentou: — Tente não ser um idiota. — Ele se arrastou para o corredor.

Sloane suspirou e levantou-a suavemente para colocá-la no chão.

— Você não precisa do carro dele. Eu te levo para casa. — Ele colocou alguns dos bolinhos num prato e serviu suco.

— Vamos levar isso para fora, no deque.

Kat seguiu-o até o grande deque que se estendia ao longo da parte de trás da casa. Escolhendo um lugar com vista para o oceano, ela não se importou que a brisa afiada do mar emaranhasse seus cabelos e causasse arrepios em seus braços. O quebrar das ondas acalmava seu nervosismo.

— Ponha isso. — Sloane estendeu um moletom preto com zíper.

Depois de deslizar os braços para dentro do agasalho, ela dobrou as mangas.

— Você não tem que ir para o trabalho?

Sloane colocou um *muffin* no prato dela e mordeu o seu.

— Logo. — Ele ergueu um segundo bolinho. — Você preparou isso. Seria falta de educação não comer.

— Eu deveria ter perguntado se poderia usar sua cozinha. Que, aliás, é demais! Exatamente como eu projetaria a minha, até o fogão de seis bocas, o forno duplo e aquela ilha maravilhosa... — *Cale a boca*. Deus! Ela comprimiu os lábios. — Desculpe, me deixei levar.

Cobrindo a mão dela com a sua, Sloane acariciou o ponto sensível na base do seu polegar.

— Você pode usar minha cozinha quando quiser, Kat. Drake te assustou?

— Me deu um susto. Mas, não, não entrei em pânico. — A surpresa tinha feito seu coração martelar no peito, mas não provocou um ataque de pânico. — Gostei dele. — Virando a mão para que as palmas deles se encontrassem, ela fechou os dedos em torno dos dedos de Sloane. — Lamento por ele estar doente. Ele disse que te conhece há muito tempo. Isso só pode ser difícil.

Ele puxou a mão e olhou na direção das ondas.

— Drake me salvou. Salvou vários de nós. E agora eles me dizem que não existe uma maldita coisa que eu possa fazer.

O balão de chumbo da compreensão pousou no peito dela. Drake estava morrendo, e as linhas rígidas do rosto brutalmente quadrado de Sloane transmitiam sua dor. Não era próximo da mãe, a irmã estava morta, e agora seu amigo estava morrendo.

Kat empurrou a cadeira para trás e se deixou cair no colo dele, passando um braço em volta de seu pescoço. Sloane era quase trinta centímetros mais alto do que ela e tinha quase cinquenta quilos a mais, mas Kat enrolou o corpo em torno dele como se pudesse protegê-lo daquela dor. Colocando a cabeça na curva de seu pescoço, ela acariciou o enorme ombro.

Depois de algumas batidas do seu coração contra o rosto dela, Sloane aliviou a tensão e passou os braços em volta de Kat. Pressionando o rosto contra a cabeça dela, ele passou-lhe os dedos pelos cabelos.

— O que você está fazendo comigo?

Kat fechou os olhos, sentindo o perfume dele, enquanto lutava contra um ardor surpreendente de lágrimas. Ele realmente não sabia.

— Se chama abraço. Para trazer conforto.

Sloane inspirou de forma trêmula.

— Você precisa saber atrás do que esses jornalistas estão. Na verdade, estou surpreso que você não saiba. Ninguém tem privacidade com o Google.

Verdade, mas Kat não tinha gostado da inveja amarga que sentiu ao olhar as fotos de Sloane com as mulheres muito bem-arrumadas da sociedade, o que a fez parar de investigá-lo no Google. Sua autoconfiança não precisava daquele tipo de golpe.

— Você vai ter que me dizer. — Incomodava vê-lo daquele jeito, tenso, nervoso, fechando-se para ela. Kat não queria se importar tanto, mas talvez fosse um bom lembrete: mantenha os limites claros.

Um dia, tinha acreditado no amor e no "para sempre", mas o amor tivera uma morte feia. Não precisava repetir aquele caminho.

O peito de Sloane expandiu com uma respiração profunda.

— O homem que matou minha irmã foi solto da prisão nesta semana.

— Sara foi assassinada? — O horror disparou calafrios desvairados para cima e para baixo da espinha dela.

— Estuprada e assassinada. Mas era apenas uma criança adotada, descartável. — Raiva e desolação colidiam nos olhos dele, arrastando-o para longe. — O preço da vida dela foram treze anos. E agora aquele filho da puta é um homem livre.

Capítulo 04

Encerrando a chamada, Sloane olhou para Kat. Ela estava pálida e imóvel, olhando pela janela da limusine, enquanto se dirigiam para a casa dela. Uma caneca de café para viagem estava presa entre suas coxas.

As coisas tinham saído muito de controle naquela manhã. Ele estava se deixando levar, porra, deixando Kat perto demais. Sloane mantinha os limites cuidadosos por um motivo. Só que como diabos ele poderia se lembrar disso, quando Kat se acomodava nos braços dele e o abraçava? Confortava? Naquele momento, ele tinha feito a única coisa que sabia: tinha sido frio com ela. Disse-lhe que tinha coisas de que cuidar.

— Se algum repórter aparecer, quero que você me avise. Eu vou cuidar disso. — Ele fez uma careta com outro pensamento. — Na próxima semana vou para a América do Sul, mas minha assistente vai lidar com quaisquer problemas.

Ela assentiu com a cabeça, sem olhar para ele.

Merda.

— Vou te buscar às seis no sábado, para o evento na adega.

— Está bem.

Isso aliviou um pouco. Ela não ia fugir do compromisso

de ser sua acompanhante. Ele jogou o telefone para baixo.

— Queria que a gente dormisse até tarde hoje de manhã. Não teria te pedido para ficar se eu soubesse que o dia ia se transformar numa grande merda. — Ele odiava aquilo. Kat tinha que se levantar antes do amanhecer na maioria dos dias para cuidar da confeitaria, e ele a havia mantido acordada na noite anterior. Depois a conversa pelo telefone havia acordado Kat cedo.

— Sem problemas.

Um calor intenso por trás das costelas de Sloane pegou fogo em resposta ao tom de voz sem inflexão.

— Você realmente não quer fazer isso. Não agora. — Quando ela se afastava, Sloane sentia como se um dispositivo acionasse dentro dele.

Kat se virou.

Ele fez uma careta quando viu que os olhos dela estavam cansados, quase feridos.

— O que você quer de mim? Apareceram umas coisas que você tem de cuidar. Entendi.

Ele era um cretino. Kat não merecia seu gesto frio. Tinha sido mais fácil se concentrar no controle de danos do que se lembrar de como ela tocava em lugares no seu íntimo que nenhuma outra mulher tinha tocado. Não conseguia pensar noutro momento em que qualquer das mulheres com quem havia se envolvido brevemente tinha tentado confortá-lo. Era o cúmulo do ridículo. Elas o usavam para o sexo e o que mais quisessem. Sloane era conhecido por ser generoso.

Exceto com Kat. Ele não tinha dado nada a ela, apenas pedaços feios de sua alma. O pouco que tinha. Não a havia levado para um belo hotel, onde ela pudesse se esbaldar com o serviço de quarto, tratamentos de spa e massagens. Ele a havia arrastado para sua casa, onde ela assou *muffins* como fazia todo maldito dia no trabalho.

— Gostei mais quando você se jogou nos meus braços — Sloane disse, furioso consigo mesmo.

O fantasma de um sorriso passou pela boca dela.

— Não estou brava com você. Sua manhã foi ruim. Só estou saindo do seu caminho.

O comentário foi um chute na virilha.

— Jesus, você não está no meu caminho. — Era assim que os pais dela a tratavam: como alguém a ser empurrada de lado e ignorada.

— Chega. Está tudo bem entre nós. — A limusine desacelerou e virou no condomínio dela. — Obrigada pelo jantar de ontem à noite e tudo mais. Vejo você no sábado.

— Você sabe que não é assim. — Como se ele fosse deixá-la e ir embora, como se não desse a mínima para ver se ela havia entrado em casa com segurança. Sloane a seguiu para fora quando Ethan abriu a porta. — Dez minutos.

O motorista assentiu e voltou para o carro.

Dentro do apartamento, Sloane ouviu água correndo.

— É o chuveiro?

— Kellen. Ele ainda está de licença médica. Diego está no trabalho. — Ela foi até a pia e começou a lavar o copo de café para viagem.

Não podia deixá-la daquele jeito. Ver Kat em sua cozinha, movimentando-se como se pertencesse àquele lugar, havia derretido o gelo que estava correndo nas veias dele. Porém, quando ela se jogou em seus braços no deque, envolvendo o pequeno corpo ao redor dele, Sloane se notou contando com ela. Não por causa do sexo, mas estava em busca de uma conexão. Era só que... ele não sabia o que fazer com tudo aquilo. Especialmente do jeito como ela havia tido compaixão pelo estado de Drake e feito *muffins* para ele.

— Vou reservar um quarto em um hotel para nós, no sábado à noite. Em qualquer lugar que você queira ir.

Ela não olhou para cima.

— Tenho que estar no trabalho por volta das quatro e meia da manhã, no domingo. Se você quer fazer sexo num hotel, te encontro lá para que eu possa ir embora quando a gente terminar.

— Porra, Kat. — A frustração fincou suas garras nele. — Estou tentando fazer algo legal para você. Tire o dia de folga.

— Desculpe, não posso.

O tom de voz indiferente foi como uma faca em seu cérebro. Ele não sabia como consertar o que estava acontecendo.

— Estou tentando...

— Não quero que você tente. — Agarrando a borda do balcão, ela fechou os olhos e inclinou a cabeça para trás. — Só quero...

— O que você quer?

— Ser capaz de lidar com isso. — Seu olhar atingiu o dele. — Transar com você e não tornar essa situação mais do que é.

Sloane a fitou e seu corpo inteiro vibrou em resposta. Força e vulnerabilidade irradiavam dela.

Tão linda e cheia de cicatrizes. Por dentro e por fora. As emoções atritavam nele como uma lixa. Kat fisgava seu peito e deixava sua boca seca. Doze anos antes, quando ele a viu pela primeira vez, ela era uma menina de 16 anos, uma beleza jovem que ele odiou por perceber que era dona de uma vida de contos de fadas, enquanto Sara estava morta.

Mas agora a inocência tinha sido arrancada, deixando uma lutadora que se esforçava por uma base firme num solo em movimento. Ela acionava seus instintos protetores como ninguém desde Sara.

Sloane foi até ela, encaixando à frente de seu corpo nas costas dela, prendendo-a com os braços. Sentindo o peso dela contra si, ele apoiou o queixo em sua cabeça.

— Tarde demais. Nós dois sabemos que isso é mais.

Ela cravou os dedos no granito.

— Não sei se vou conseguir sobreviver quando isso acabar. — Ela respirou. — Faz uma coisa por mim?

— O quê? — Qualquer coisa. Ele se sentiria melhor se pudesse fazer algo por ela.

— Não minta para mim. Basta não mentir. Vou conseguir lidar com essa situação apenas se você me disser a verdade.

Ele deveria ir embora naquele instante. Deixá-la. Jesus Cristo, Sloane sabia que ia acabar.

E acabar mal.

Ele poderia guardar consigo por algum tempo, mas Kat era muito esperta para não descobrir seu objetivo.

Matar o homem que havia assassinado Sara.

Mas Sloane não podia abrir mão de Kat. Não ainda.

Algumas horas de trabalho na cozinha da confeitaria a ajudaram a organizar os pensamentos. Não poderia consertar a vida de Sloane, mas ainda havia outra coisa que a incomodava.

Como havia dito a ele, Kat acreditava que quem a

tinha atacado na noite do suposto assalto ainda era uma ameaça. A nova parte do *flashback* a preocupava. Não tinham ferido David; pelo menos, não muito, mas o fizeram assistir enquanto a machucavam. Tinham dito "consequências". Se tinham visado Kat como algum tipo de consequência naquela época, o que dizer de outras pessoas na vida presente de David? Não tinha ouvido falar de nenhuma namorada, mas seu irmão Marshall era amigo dele. Seus pais não queriam lhe dar ouvidos, mas Marshall ouviria? Deveria avisá-lo sobre sua ideia de que David pudesse estar metido em algo perigoso?

Tomando um gole de água, ela continuou trabalhando na montagem de biscoitos de framboesa em formato de coração. Vendiam muito. Ela espalhou as frutas em conserva e sem sementes nos biscoitos em forma de coração, depois colocou em cima um contorno da parte de cima de um coração e polvilhou com açúcar de confeiteiro.

Preparou os biscoitos no piloto automático, pensando em Marshall. Não participavam de verdade da vida um do outro. Ele escolheu David para participar do casamento, enquanto Kat seria apenas uma convidada. No entanto, quando se viram, o irmão a havia tratado como de costume, com sua afeição distraída, como sempre tinha feito.

Então ele a ouviria? Ou simplesmente acreditava em David?

Ana largou o corpo na outra banqueta da bancada de aço inoxidável.

— Fazendo uma pausa? — Kat terminou a primeira fornada e passou a trabalhar na segunda.

— Queria falar com você.

A preocupação captou a total atenção de Kat. Ela olhou para Ana.

— Algo errado? — *Por favor, que não seja seu aviso prévio.* Um dia Ana iria embora, estava se dedicando à graduação em marketing e iria partir para outra. De qualquer forma, Ana era, facilmente, a funcionária favorita de Kat.

— Nada disso. — Ana pegou os contornos de coração pré-assados, cuidadosamente os estava colocando na base dos biscoitos depois de Kat espalhar as frutinhas. — Mas tenho algo que eu gostaria de compartilhar.

— Humm. — A ambição de Ana era uma das coisas de que Kat gostava nela. — Uma receita nova?

A moça riu.

— Infelizmente não. Não tenho seu talento incrível.

— Por que eu sinto que você está me elogiando para preparar o terreno? — Depois de enfiar a faca na tigela de água, ela passou a organizar os biscoitos no tabuleiro da vitrine. — Apenas fale.

— Quero que você e a Sugar Dancer sejam um projeto para uma das minhas aulas. A tarefa é uma campanha promocional em vídeo, com um plano de marketing. Por favor, Kat. Eu sei que vou fazer um grande trabalho. E se você gostar, podemos enviar o produto acabado para alguns programas de TV que apresentam confeiteiros.

Afundando no banquinho, Kat esfregou a perna. Os olhos de Ana brilhavam por trás de seus óculos da moda, o rosto corado de emoção. Desapontá-la era como chutar um gatinho, mas Kat tinha de ser realista.

— Você me quer no vídeo.

— Você é o rosto da Sugar Dancer. Já planejei tudo. Vamos fazer dois vídeos: um deles vai ser um trailer comercial. Vamos compilá-lo a partir do vídeo de apresentação da sua história, que vai ser mais longo.

— Minha história? — Kat não conseguia entender.

Ana assentiu.

— Você é a Sugar Dancer, Kat. E a questão é que a sua história é interessante e inspiradora.

Os lábios de Kat tremeram. Ela amava Ana, de verdade, mas a menina estava exagerando um pouco.

— Duvido.

Ana tocou em seu braço.

— Realmente é. Você vai ter que confiar em mim. Vai ter que fazer horas de gravação, algumas das quais vão ser durante o seu trabalho regular, quando você pode simplesmente ignorar a equipe de filmagem. Mas eu também preciso de alguns trechos de demonstração, com você preparando as massas, assando, decorando, e talvez um bom vídeo de você montando um bolo de casamento no local. É muita coisa para pedir, mas estou pedindo.

A ideia a aterrorizava. Animava-a.

— Kat, teríamos um bom material audiovisual para enviar aos programas de TV. — Ela deslizou seu banquinho, foi até a mesa e pegou o iPad. Depois de voltar para o banco, colocou o aparelho na mesa ao lado de Kat. — Já escolhi três. É parte do meu plano de marketing.

Kat sentiu a cabeça girar e segurou as bordas da mesa.

— Ana, acho que posso fazer a gravação na confeitaria, mas não posso ir a um programa de culinária. — Ela odiava sua fraqueza, mas essa parte do plano de Ana não era novidade. A garota vinha perseguindo-a sobre fazer um programa de TV que apresentasse confeiteiros.

— Vamos atravessar essa ponte quando chegarmos a ela. Você sempre pode dizer não, se... quando... ligarem te convidando para um programa de TV. — Ao apoiar um cotovelo na mesa, ela acrescentou: — Qual é seu objetivo final com a Sugar Dancer?

Kat sorriu.

— Confeitarias abertas em todo o país e tornar a Sugar Dancer uma marca que chegue a ter a pacotes pré-misturados para assar em casa. — Ana tinha arrancado aquele sonho de dentro dela mais de uma vez. — Mas preciso de capital adicional para abrir mais confeitarias. — Além de todas as questões de locar espaços, encontrar os funcionários certos e treiná-los, era um tempo e investimento financeiro enormes.

— Você precisa de exposição. Me dê essa chance. E confie em mim. Se você não gostar do projeto final, só vou entregá-lo como trabalho de faculdade. Vamos escrever um contrato dizendo que o trabalho só pode ser usado para minha graduação, a menos que você aprove.

— Quando você precisa de uma resposta?

Ana parecia envergonhada.

— Preciso começar a gravar amanhã ou sábado, no mais tardar. — Ana tocou a tela do tablet. — Tenho uma proposta aqui para você olhar, mas preciso de uma resposta esta noite.

— Ana! Por que você esperou tanto tempo para perguntar?

— Por um lado, eu estava trabalhando nesse projeto e não queria que você o visse até que ele estivesse certo. E não queria que você pensasse demais e se convencesse a não concordar. Às vezes você só precisa dar um salto.

O sino tocou, indicando um novo cliente que entrava pela porta.

Levantando-se, Ana disse:

— Vou fazer você e a Sugar Dancer brilharem. Não tem nada a perder aqui, se não gostar do produto final, pode se recusar a permitir que eu faça alguma coisa com ele que não seja transformá-lo em um trabalho de faculdade. — E saiu para atender o cliente.

Kat puxou o iPad no colo e começou a ler a proposta de Ana. Seu peito apertou. Enquanto Kat normalmente não falava em público sobre a perna ou sobre o assalto, Ana queria usar tudo isso como parte da história de vida de Kat, juntamente com o fato de ter deixado o negócio da família para seguir seu sonho.

A ideia a deixava ansiosa, mas ela também entendia o que Ana estava fazendo: dando-lhe uma história de triunfo sobre a tragédia. Ter sua vida exposta depois de anos de clandestinidade dava-lhe uma sensação de tontura. Poderia fazer isso?

Bem, nunca saberia se não tentasse; mas e então, tentaria? Um mês antes, ela teria jurado que ter um relacionamento com um homem era impossível. E agora tinha um. Talvez fosse só sexo, mas ainda era um progresso. Empolgação e nervosismo pulsaram em suas veias, energizando-a. Levantando-se, ela guardou o iPad de Ana e depois pegou a bandeja dos lindos corações de framboesa. Na frente da loja, ela habilmente deslizou a bandeja de biscoitos frescos na vitrine de vidro.

Kat olhou em volta pela Sugar Dancer, observando as mesas redondas cromadas com os assentos vermelho-fogo. Metade das mesas tinha clientes comendo guloseimas e batendo papo. Alguns jovens passavam o tempo empoleirados nas banquetas do balcão na parede dos fundos. Paredes cor de nozes-pecã destacavam as telas de silhuetas dançarinas em cores vivas. Kat adorava a maneira como o artista tinha feito parecer que cada dançarina era feita de cristais de açúcar.

A luz natural inundava a confeitaria a partir das janelas que iam do chão ao teto, ao lado direito de Kat.

— Pensando a respeito? — Ana entregou-lhe uma xícara de café que já estava adoçada e com creme.

— Você é persuasiva. — Kat tomou um gole da bebida. Ainda tinha uma longa noite à frente, incluindo duas degustações de bolo de noiva para clientes em potencial.

— Então você vai aceitar?

Kat apoiou o café.

— Sonhei em ter minha própria confeitaria desde que meu irmão me deu um forninho de brinquedo. — Marshall. Seu estômago ondulou com a memória. Enquanto seus pais pensavam que a confeitaria era um desperdício de tempo, ele havia lhe dado apoio.

— Oh! Veja, isso é uma grande anedota para o vídeo da sua história.

O entusiasmo de Ana era contagiante.

— Mas agora quero mais. A Sugar Dancer é apenas o começo.

O sorriso da outra garota iluminou seu rosto.

— Vamos tentar. Vou ser seu projeto de marketing. Se gostarmos da gravação, você envia, e se eu conseguir uma resposta, então vamos ver se posso controlar meus ataques de pânico o suficiente para fazer o programa de TV.

E já que estava correndo riscos, Kat pegou o celular e ligou para o irmão. Tinha de tentar.

— O cheiro aqui é uma delícia. O que tem para o café da manhã?

Fechando e trancando novamente a porta da confeitaria, já que ela não abriria oficialmente por quase uma hora, Kat olhou para o irmão. Ele parecia bem. Ainda estava um pouco surpresa por ele ter concordado em encontrá-la no café da manhã, menos de 24 horas depois de ter ligado.

— Olá para você também.

Marshall mostrou um sorriso.

— Lila me faz comer comida saudável. Não consigo dormir à noite por causa do barulho do sangue percorrendo minhas artérias repugnantemente limpas. Preciso de um pouco de gordura para entupir aquelas otárias.

Sacudindo a cabeça, Kat foi para a cafeteira.

— Vá para a cozinha. Tenho vários tipos de *muffins* e um bolo de café nos suportes de resfriamento.

— Legal. — E passou por ela depressa.

Esse era Marshall. Tinha um PhD em imunologia, trabalhava uma quantidade absurda de horas em pesquisa e desenvolvimento de medicamentos melhores e protocolos para distúrbios do tecido conjuntivo, mas quando algo chamava sua atenção, ele se animava com o entusiasmo de um garotinho. Assim como ele tinha feito pelos desastres de confeitaria, quando Kat era criança.

Ele carregava um prato cheio de *muffins*, bolo e biscoitos.

— Se Lila descobrir — repreendeu Kat, enquanto o seguia para uma mesa —, você estará em apuros.

Ele deu uma mordida monstruosa num *muffin* de chocolate.

— Vale a pena. — Depois de devorar outra mordida, ele acrescentou: — Vale muito a pena.

— Tentando entupir as artérias em tempo recorde, estou vendo. — O peito de Kat se encheu de ternura. Marshall costumava engolir seus erros culinários e dizer que ela estava ficando cada vez melhor. Tinha dado seu apoio a ela da única maneira que ele sabia. E agora ela estava prestes a trazer algo à tona que poderia arruinar o relacionamento que tinham.

— Como os negócios estão indo?

Bem. Amenidades em primeiro lugar.

— Ótimo. E você? Está com duas drogas na reta final? Como estão indo os protocolos de pesquisa? — Era um processo muito complexo e intenso para executar os grupos de teste.

— O teste de lúpus é muito promissor. — Os olhos dele brilhavam. — Quando tivermos mais tempo, vou te falar a respeito. — Ele escolheu um *muffin* de banana e castanhas. — Mas vim aqui saber como você está.

Uma pequena pontada atingiu o peito dela. Odiava o emprego na Sirix, mas adorava ouvir Marshall falar sobre seu trabalho. Ele tinha profundo apreço pelo que estava fazendo, envolvido em encontrar os melhores medicamentos para ajudar pacientes com lúpus. Por que ela não ligava para ele com mais frequência?

Marshall colocou o *muffin* no prato e ficou em pé.

Merda, ela estava sonhando acordada em vez de responder.

— O que você está fazendo? — Ele estava indo embora?

— Vou pegar mais café.

— Eu vou...

Ele deu um puxão no rabo de cavalo de Kat.

— Sente-se. Eu pego. — Ele voltou, com duas xícaras cheias. — Mais creme e açúcar?

— Não, obrigada. — Marshall sabia que ela tomava creme e açúcar. Não era tão indiferente como as pessoas acreditavam. Ele via e catalogava tudo ao seu redor. Aquela coisa de professor distraído que fazia era apenas uma forma de evitar o confronto. Marshall não desperdiçava energia em discussões; calmamente fazia o que queria fazer.

Sentando-se, ele terminou seu segundo *muffin*.

— Eu me preocupo, Katie. Você abriu mão de muita coisa pela Sugar Dancer. Quero ter certeza que vale a pena.

Fácil de responder.

— Vale sim. Eu amo isso aqui. — Inclinando-se para frente, ela começou a falar sobre todos os avanços que a confeitaria tinha feito e contou-lhe sobre o projeto de marketing de Ana.

Os olhos dele enrugaram nos cantos.

— A melhor forma de deixar os pais loucos. Expandir a confeitaria, provar que estão errados. — Ele olhou para o relógio em seu celular. — É melhor me dizer por que você queria me ver.

Kat mordeu o interior das bochechas. Parte dela não queria tocar naquele assunto. Será que Marshall acreditaria? Ou aquilo se tornaria uma barreira entre eles. Droga, ela poderia estar dando um salto insano, tendo como base suposições sobre David, sem nenhuma prova real.

No entanto, a dor em sua perna lembrava que o que aconteceu havia sido real. E não tinha sido um assalto.

Tinha de tentar.

— Acho que você não quer ouvir isso, mas acho que David pode estar metido em algo em que não deveria estar. E se eu estiver certa, seja lá o que for, causou nosso ataque há seis anos. — *Por favor, não se levante e caminhe porta afora.* Kat prendeu a respiração, esperando.

Marshall esticou o braço por cima da mesa e pegou a mão dela.

— Não sei o que aconteceu naquela noite que você e David foram atacados. É possível que a versão dele seja verdade. Você tem amnésia traumática e já passou por alguma mudança de personalidade, quer queira admitir ou não. —

Apertando a mão dela, ele disse sem rodeios: — Você não se lembra do que aconteceu, Katie. Seus *flashes* poderiam ser reais, ou poderiam ser uma manifestação da sua mente, tentando preencher os espaços vazios. Você sabe que isso é possível.

Ela apertou os dentes, lutando para que Marshall pudesse enxergar a lógica.

— Sim. Mas e se a versão de David for uma mentira? Você disse que não sabe. Você não estava lá.

Ele a observou atentamente.

— A melhor coisa que você já fez foi deixar David e a Sirix.

Nossa, por aquela mudança nos rumos da conversa ela não esperava.

— O que isso significa?

Marshall olhou para a mesa, depois ergueu os olhos novamente.

— Você sabe por que não está no meu casamento?

Isso foi como cutucar um ponto dolorido que ela não queria admitir que tinha. Precisava se manter neutra e focada se alimentava alguma esperança de fazê-lo lhe dar ouvidos.

— Porque David é seu padrinho.

A boca de Marshall ficou esbranquiçada quando ele comprimiu os lábios.

— Não. É porque eu quero você em segurança. Você não é a única a notar mudanças em David. Neste momento, você está fora do radar. Se David está metido em algo perigoso, você não está na vida dele; nem como noiva, nem como colega de trabalho. Está segura e vai permanecer assim. Afaste-se de David e da Sirix.

Confusão tomou a cabeça de Kat como um manto, depois evaporou lentamente.

— Você está... — O quê? Ela não sabia.

— Protegendo minha irmã. Não sei o que David está ou não está fazendo. Realmente não sei, por isso engula suas perguntas. Mas sei de uma coisa: ele não fez nada para te proteger naquela noite. Prefiro ver você com um homem como Sloane, que tem a coragem de fazer algo para te defender. Não me entenda mal. Se Sloane te machucar, tenho acesso a medicamentos que vão torná-lo impotente em caráter permanente.

Toda aquela conversa parecia difícil de acreditar, mas ela riu.

— Isso é cruel.

— Os gênios são assim, você não ouviu falar?

Alívio misturado com preocupação.

— O que vamos fazer? Como é que vamos descobrir se David em está metido em algo? Isso pode afetar a Sirix e todos vocês. — Kat não podia ser mais uma parte daquele mundo, mas se importava com o que acontecia com seu irmão, com seus pais e com todos os funcionários.

Os olhos dele endureceram com determinação.

— Você não faz nada. Fique longe dele.

— Mas estou preocupada com você. E se...?

Ele balançou a cabeça, interrompendo-a.

— Katie, se é verdade, você pagou um preço suficiente. Deixe que eu me preocupe com isso. Agora tenho de ir.

Kat se levantou e se dirigiu para a porta, seguindo o irmão mais velho, assim como fazia quando eles eram crianças. A diferença era que agora as apostas eram altas e potencialmente perigosas.

— O que você vai fazer? — Marshall tinha camadas que poucas pessoas suspeitavam.

— Acordar e usar minha inteligência vastamente superior. — Ele a tomou pelos ombros. — Concentre-se na sua confeitaria. Procure expandi-la. Quando estiver pronta, tenho algum dinheiro que posso investir, e vou fazer um empréstimo para você, se você precisar.

A garganta dela apertou.

— Faria isso?

— Investir na minha irmã? Faria.

A percepção de que não tinha perdido seu irmão inundou-a de emoção. Ela agarrou seu braço.

— Sei que David é seu amigo, mas tenha cuidado.

Os olhos de Marshall assumiram um peso solene.

— Não somos amigos há anos. David está no meu casamento porque nunca cheguei a mencionar esse fato a ele. Nem para mamãe e papai. Ninguém, exceto Lila.

Era exatamente desse tipo de camadas de que ela estava falando. Marshall estava mantendo David por perto e o vigiando, mas não o confrontava.

— Caramba. Você é maquiavélico.

— É gênio do mal para você, irmãzinha.

Capítulo 05

Sloane levou um segundo para se recuperar quando Kellen atendeu a porta do apartamento. Estava esperando Kat. Depois de engolir sua impaciência aguda, ele entrou.

— Ela está pronta?

Kellen levantou uma sobrancelha.

— Chegou aqui atrasada e correu para o chuveiro. Ela anda gravando sem parar e...

— Gravando o quê? — As palavras saíram duras e frias. Ele teve que se esforçar para manter a calma. Kat estava falando com a mídia? Ela disse que não falaria. Maldição. Sloane olhou para o corredor. Perguntaria à pequena confeiteira pessoalmente.

Kellen bloqueou sua passagem.

— Que bicho te mordeu?

Sloane se conteve. Só faziam algumas semanas que Kellen tinha sido esfaqueado; mas, caramba, aquele movimento o havia surpreendido. O outro rapaz estava em boa forma, mas Sloane sabia como matar.

— Kat está falando com a mídia? — Se tivesse, estaria tudo terminado entre eles. Dois motivos. Primeiro: ele não podia confiar nela. Segundo...

Um calafrio escorreu por sua espinha.

Não queria que Kat chamasse a atenção de Lee Foster. O homem havia estuprado brutalmente Sara e a matado depois. Pior ainda, Sloane tinha vigiado Foster de perto enquanto ele estivera na prisão. O maldito havia treinado para lutar e matar e guardava rancor contra Sloane por colocá-lo na prisão. A ideia de Foster pôr as mãos em Kat fazia o sangue de Sloane congelar.

Os olhos castanhos de Kellen iluminaram-se com entendimento.

— Não, e a mídia não a incomodou. Ana, uma das funcionárias dela, está usando Kat e a Sugar Dancer como tema de um projeto de marketing.

Sloane sentiu alívio. De olho em Kellen, em sua postura enquanto se colocava diante dele, disse:

— Você e Diego ainda estão ficando aqui, certo? Por quanto tempo? — Kat havia lhe assegurado que os dois homens tinham insistido em ficar no apartamento depois do show dado por David na confeitaria.

— Mais três semanas até nossa casa ficar pronta. — Kellen deixou-se cair numa banqueta na ilha de granito. — Kat está se recusando a encontrar outro colega de apartamento. Estou preocupado por deixá-la sozinha.

Inferno, agora Sloane também estava preocupado. A melhor coisa que poderia fazer por ela era sair de sua vida.

Não rolava. Ele a queria, precisava dela.

Porra, ansiava por ela.

Lançando um olhar para o teclado de acionar o alarme, ele pensou nas opções.

— Vou melhorar o sistema de segurança dela, colocando outro top de linha. — O que mais? Droga, a perna de Kat a tornava vulnerável demais. Ela não podia correr nem depressa, nem para longe o suficiente. — Será que ela consideraria uma arma?

— Sem chance

— Cachorro?

— Ela diz que fica muito fora. Não pode levar um cachorro para a confeitaria por causa das normas sanitárias.

A frustração cravou suas garras em Sloane.

— Vou arranjar alguém para cuidar do cachorro.

— Ela não pode pagar por esse tipo de coisa, Sloane. Nem sequer sugira isso. Ela já vai ter de pagar a hipoteca do apartamento sem o dinheiro do meu aluguel.

— Ela não teria que pagar por isso. — Era ridículo. Se Kat tivesse a menor ideia de quanto dinheiro Sloane gastava com a proteção da cadela da sua mãe, entenderia que ele não se ia se importar com a despesa de algo como uma babá de cachorro. Mas claro, aí ele teria de contar por que sua mãe precisava de proteção e, então, o acordo entre eles iria acabar.

— Sugira esse assunto e você vai ficar feliz por ela não ter uma arma. Falando de forma bem clara, o lance de vocês é apenas temporário. Ela teria que assumir os custos quando você partisse para outra.

Partisse para outra. Sloane não gostou de ouvi isso. Não queria perdê-la. Sabia que Kat significava problema quando pôs os olhos nela naquele salão.

— Eu...

A porta do quarto se abriu, e Sloane esqueceu-se de Kellen.

Esqueceu-se de tudo, menos da mulher que vinha pelo corredor. Um vestido cor de champanhe atravessava seu corpo de uma maneira que só podia ser ilegal. Cobria o ombro esquerdo, deixando exposta a pele clara do lado direito. O vestido abraçava avidamente suas curvas e tinha uma bainha desigual, com o lado direito mais longo, cobrindo até a metade das panturrilhas. Maneira inteligente de esconder as cicatrizes que a incomodavam. Ela havia combinado o vestido com algum tipo de sapatilhas de balé acetinadas, com laços que envolviam seus tornozelos finos.

Ele precisava tocá-la. Incapaz de suportar, ele levantou uma mecha do cabelo sedoso de Kat de cima do ombro à mostra. Ela havia pintado os olhos de forma que parecessem mais azuis e muito mais sexy. Tudo o que ele queria era ficar sozinho com Kat e ir tirando aquele vestido do corpo dela centímetro a centímetro.

— Gatinha, você está sensacional.

— Obrigada.

A voz ofegante fez Sloane supor seu nervosismo. Ele passou o polegar sobre o pulso que vibrava na garganta dela. Kat tinha feito aquilo por ele. Durante anos, não havia usado vestido, e naquele dia tinha posto um para ele. Sua bravura enchia Sloane de humildade.

— Kat — Kellen interrompeu. — Esse vestido é incrível. Você está linda e elegante. Esse modelo ficou perfeito em você.

Ela sorriu para o amigo.

— Obrigada, Kel, mas ainda não vou mostrar o projeto do bolo.

Sua boca tentava demais Sloane, e os lábios carnudos reluziam com algum tipo de brilho. Forçando o olhar para cima, ele perguntou:

— Que projeto?

Kellen resmungou.

— Kat vai fazer um bolo para a nossa festa de inauguração da casa, mas não quer nos mostrar o que está planejando. Isso é errado. A festa é nossa.

Sloane tinha a sensação de que aquela era uma discussão ainda em curso entre os dois. Especialmente porque os olhos de Kat brilharam.

— Kellen é um bisbilhoteiro incurável. Ele tentou descobrir como abrir a caixa para ver meu vestido quando foi entregue.

— De forma alguma — Kellen anunciou em tom formal. — Porque o Diego estava aqui quando a caixa chegou e ele teria me denunciado sem pestanejar em troca dos biscoitos de Kat.

Kat riu, um som encorpado que reverberou no estômago de Sloane. Kellen a estava provocando de propósito para fazê-la relaxar.

Mexendo com a mecha de rosa no cabelo dela, ele perguntou:

— Você vai me convidar para ser seu acompanhante na festa de inauguração?

Ela empinou o queixo.

— Ah, não. Você não precisa fazer isso.

Com outras mulheres, ele suspeitaria que estivessem se fazendo de castas. Não Kat. Ela não jogava esses jogos. Ele passou um dedo levemente sobre seu rosto.

— Eu quero ir. Me convide.

Ela inclinou o rosto no toque dele.

— Estamos confundindo as coisas.

— Sim.

— Território perigoso.

— Traiçoeiro. — E cheio de minas terrestres emocionais sobre as quais ele não conseguia se situar.

Kat prendeu a respiração.

— Você poderia dizer que não.

Ela achava isso? Deslizando os dedos por sua nuca, ele puxou-a perto o suficiente para se afogar na piscina de seus olhos azul-esverdeados.

— Não para você. Me convide.

— Gostaria de ser meu convidado na festa de inauguração da casa do Kellen e do Diego?

— Gostaria muito. — Confundindo as coisas? Era mais como explodir os limites. Mas a necessidade de vê-la, de estar com ela, e dentro dela, estava se tornando uma obsessão que só perdia para sua necessidade de vingar a irmã.

Kellen pigarreou.

— Vocês dois estão pensando em ir para aquele negócio na adega, ou eu preciso trazer a mangueira de jardim e jogar água em vocês para apagar o fogo?

Sloane queria pegar Kat nos braços, levá-la para o quarto e se perder nela, mas aquela noite era importante.

— Está pronta para ir?

— Estou.

Kel colocou a mão no braço dela.

— Estou supondo que você não vai ficar sozinha aqui esta noite, por isso, vamos ficar na casa do Diego. Se mudar de ideia, me manda uma mensagem ou me liga. Você jura?

Kat levantou-se na ponta dos pés para beijar sua

bochecha.

— Juro. — Então, ela sorriu. — Mas já saquei seu plano. Tentando se livrar de nós para poder bisbilhotar o planejamento do bolo.

Assim que se despediram, Sloane a instalou na limusine, e seguiram caminho.

— Me conte sobre esse seu projeto com a Ana. — Queria mantê-la distraída para ela não pensar no vestido. E distrair a si mesmo de pensar no que estava debaixo dele.

— Kellen. — Ela suspirou. — Ele tem uma boca enorme.

— É segredo? — Sloane serviu-lhe um pouco da água com gás que ela costumava preferir.

— Não, não realmente. É só que tudo aconteceu muito rápido. Enfim, é um projeto para o curso de marketing da Ana.

Sloane olhava para sua boca. Mais uma vez.

— Continue falando, ou eu vou te beijar. E nós dois sabemos como isso vai acabar. — Ele olhou para a barra do vestido dela, onde subia pela coxa esquerda. Será que estava de calcinha?

Fio dental?

De que cor? Tinha de ser branco ou cor da pele para não aparecer por baixo da roupa.

Sloane afastou a gravata preta da garganta. Um calor aqueceu suas veias, e seu pênis começou a doer. Ele tomou um gole de água.

— Ana colocou uma equipe de filmagem da faculdade me seguindo por toda parte, para me filmar enquanto eu trabalho. Hoje eles foram comigo montar um bolo de casamento. Na semana que vem, vamos começar a filmagem de pequenos vídeos da minha história. Depois disso, Ana e a equipe dela vão fazer dois vídeos. Um deles vai ser como um comercial da Confeitaria Sugar Dancer, e o segundo vai ser um vídeo biográfico mais longo sobre mim, como proprietária da Sugar Dancer. Ana tem um plano de marketing completo para isso. — Tons avermelhados fizeram o rosto dela brilharem com animação.

— Tudo para a aula dela?

— Sim e não.

Ok, agora Kat tinha toda a atenção dele. Sloane colocou o copo em um suporte e passou o braço em volta dos ombros dela.

— Desembucha, confeiteira.

— Se eu gostar do produto final, o plano é seguir em frente com o projeto de marketing da Ana e enviar os vídeos para três programas de culinária que apresentem confeiteiros.

Os dedos dela estavam esbranquiçados em volta do copo que ela segurava.

— Lembro da Ana mencionar que ela queria te levar a um desses programas quando eu a conheci. É isso que você quer, Kat?

Ela respirou fundo.

— Se eu conseguir.

Ah. Agora ele sabia por que a tensão estava invadindo seu entusiasmo.

— Os ataques de pânico.

— Não tenho problema em fazer as gravações na minha confeitaria, e foi tudo bem quando eles foram comigo para fazer o casamento, mas eu ficaria sob pressão real num estúdio. — Ela encolheu os ombros debaixo do braço de Sloane e ergueu o rosto para o dele. — Mas se eu conseguir fazer, a divulgação seria ótima. E então talvez eu possa pensar em expansão.

— A expansão da loja que você tem, ou abrir mais confeitarias?

— Mais confeitarias Sugar Dancer. — Mordeu o lábio inferior. — Só que não por enquanto, mas é o que eu quero fazer um dia.

Maldição, ela só ficava mais e mais atraente. Uma mulher com ambição significava que ela não estava à procura de um homem para salvá-la. Kat não precisava de um príncipe encantado para cuidar dela. Estava cuidando de si mesma.

— Também quero desenvolver uma linha de produtos de itens pré-prontos que as pessoas possam assar em casa. Minha ideia era fazer vídeos instrutivos ensinando as pessoas a preparar os produtos. Os vídeos poderiam ser acessados de graça no meu site.

— Humm. — Ela andava pensando naquilo a sério.

— Ana e eu vamos filmar alguns vídeos instrutivos para coisas como dicas de decoração de bolo para fazer em casa, carregar no site da Sugar Dancer e ver se geram algum interesse do público. — Ela franziu o rosto. — Estou divagando. — Kat inclinou-se para frente, e colocou o copo de água no suporte.

Sloane a puxou de volta em seu braço.

— Você está animada, e eu gostaria de ouvir mais. Me fale sobre os locais onde você está pensando em abrir mais confeitarias.

A incerteza brilhou nos olhos dela.

— Cuidado, linda. Você não quer recuar, pensando que vou te tratar como sua família. — Ele odiava aquela merda. Kat ficava sexy demais quando o enfrentava. Mas quando ela recuava, se trancando, dava-lhe nos nervos. Era aí que ele a encarava e a desafiava.

A dúvida de Kat se dissolveu.

— É isso mesmo, você é um valentão.

— E você adora. Sem mentira, Kat. Você esquenta quando pode enfrentar alguém. — Ele uniu seus dedos. — Não precisa ter cautela comigo.

— Como te contar sobre minha fantasia de apanhar? Isso não foi cauteloso.

A voz suave atingiu Sloane diretamente nas partes baixas. Depois de puxar as mãos unidas para descansar na coxa dele, Sloane respirou fundo para acalmar sua luxúria.

— O que foi, então?

— Revelação. Foi te mostrar algo sobre mim com que eu ainda não estou totalmente à vontade.

— E qual é? — Ele queria saber, ainda mais do que queria explorar o desejo que Kat tinha de apanhar.

Os ombros dela se ergueram graciosamente.

— A parte de mim que quer se libertar do controle rígido que tive sobre mim mesma.

Droga. Uma luxúria intensa começou a rivalizar com uma série de sentimentos que ele não queria examinar.

— Tudo o que você tem a fazer é pedir. Se pedir, eu assumo o controle e cuido de você. Mas só quando estiver pronta. — Deus, ele iria cuidar dela, levá-la a alturas que ela nunca tinha imaginado.

Precisava parar. Naquele instante. Antes que esquecesse como aquela maldita noite era importante.

— Mas agora... — ele se esforçou para manter a voz controlada — ...temos que voltar a falar sobre seu trabalho. Ou vou te puxar para os meus braços. — E ele não pararia ali.

Pense. Do que especificamente estavam falando? Ah, certo. — Me fale sobre os locais em que você está pensando.

Por alguns segundos, os olhos dela se encheram de emoções inconstantes, mas logo Kat relaxou.

— Para começar, eu iria escolher Los Angeles ou São Francisco para abrir uma segunda Sugar Dancer.

— Por quê? — Ele queria saber o raciocínio. — Será que áreas menores não te dariam uma chance melhor de ser notada?

— Sim, em pequena escala. Mas se eu quiser chamar mais atenção para criar uma marca, preciso de locais maiores e mais importantes. O modismo de Los Angeles e São Francisco poderia funcionar a meu favor. E são áreas para amantes da comida, outra vantagem. Mas uma razão forte também é a viagem. Posso ir de carro para LA em algumas horas, e São Francisco fica a uma hora de voo. Isso me daria muito mais mobilidade para treinar a equipe e tudo mais. Quando eu pegar o jeito com o processo de abrir novos negócios, vou poder expandir para fora. Mas tenho muito a aprender antes de chegar a esse ponto.

— Os gastos vão ficar maiores em áreas metropolitanas. A concorrência vai ser mais acirrada. — Sloane não ia maquiar a verdade; ele enfrentava os desafios de frente. Mas se Kat queria encarar, ele poderia ajudá-la.

Os olhos dela assumiram o mesmo brilho que assumiam quando estavam treinando e ele aumentava o ritmo.

— É verdade, os riscos são maiores, mas assim são as recompensas. Se Ana e eu pudermos criar um bom burburinho com os vídeos, chegarmos a um programa de confeitaria, então posso partir disso. Quando expandir, vou ter esse fato a meu favor.

Ela realmente tinha pensado no assunto.

— Posso te ajudar a alcançar seu sonho. Tenho contatos que podem te colocar nesses programas, além de te ajudarem a elevar a visibilidade da confeitaria. Você vai precisar de capital para...

Girando a cabeça bruscamente na direção dele, Kat tentou puxar a mão.

— Não. Obrigada, mas não.

Mantendo a mão dela presa na sua, Sloane tentou novamente.

— Kat, eu tenho um braço de entretenimento na SLAM que me dá recursos excelentes.

— Absolutamente não. — Ela parou de puxar a mão e olhou para ele. — Agradeço a oferta, mas preciso aprender a expandir e a gerenciar múltiplas empresas, não ter alguém fazendo tudo por mim. Você está fazendo o suficiente ao me ensinar a lutar e a dominar meus ataques de pânico. Isso é fundamental. Se eu não puder superá-los, então não vou fazer o resto.

Satisfação desfraldou-se no peito dele, surpreendendo-o. Tinha sido sincero ao dizer que a ajudaria; tinha feito aquilo por suas outras acompanhantes, mas Kat não queria seu dinheiro, nem seu poder. Ela queria ele e as lições de autodefesa que ele podia lhe dar.

— Além disso, tenho um investidor.

Sloane endureceu.

— Quem?

— Meu irmão. Ele disse que se eu expandir, ele tem algum dinheiro que pode investir e vai fazer um empréstimo.

— Marshall? — Enquanto os pais dela e David tratavam Kat como se ela fosse uma vergonha com lesão cerebral, o irmão parecia se importar mais. — Como foi que isso aconteceu? —

Até onde ele sabia, Kat não tinha visto sua família.

— Eu queria falar com ele sobre David.

Sloane ouviu quando Kat descreveu a conversa com o irmão.

— Quase amarelei e não disse a ele minha teoria — ela concluiu. — Não queria que ele olhasse para mim como meus pais fazem.

— Então, o que fez você se arriscar?

— Se não arriscasse e algo acontecesse, como eu iria viver com a culpa?

Sloane não tinha uma resposta. A culpa que sentia em relação à Sara o sufocava havia quase catorze anos.

Que tipo de adega tinha uma arena para lutadores de MMA se enfrentarem dentro de um enorme prédio abobadado? Kat permitiu-se um ou dois goles de vinho, lutando para não se sentir fora de lugar. O terno preto de Sloane acentuava seu corpo poderoso, e sua presença dominava facilmente todo o recinto, mesmo dentro da gaiola octogonal. Quatro outros homens vestidos de ternos e desferindo olhares mortíferos estavam espalhados atrás dele.

— O evento inaugural da Caged Thunder, o confronto *Profissionais Vs. Amadores*, será particular e exclusivo. Não será televisionado, nem gravado de qualquer forma. Este é um evento único e apenas para um pequeno grupo seleto. Os amadores que entrarem na gaiola para disputar uma chance de fecharem contrato de representação com a SLAM. Esses vão estar arriscando as próprias vidas contra estes lutadores consolidados. — Sloane baixou a mão que segurava o microfone, seu olhar examinando a multidão distribuída na arquibancada personalizada.

Kat respirou fundo ao assistir a outro lado da Sloane. O apresentador e o lutador que havia lutado na frente de milhares de pessoas. Ele sabia como conduzir uma multidão. Ela se inclinou para frente no assento, tão fascinada como todos os outros presentes.

— Esta noite, vamos leiloar cem ingressos. Quando esses ingressos acabarem, não haverá mais nenhum disponível para esse evento exclusivo. Vocês podem dar seus lances com minha assistente, Liza... — ele fez um gesto para a mulher a poucos metros de distância dele — ...esta noite, até a meia-noite. Toda receita vai ser destinada ao programa *De Lutadores a Mentores*. Não haverá custos administrativos. A adega Rolling Thunder e a SLAM INC. vão cobrir esses custos.

Sloane apresentou rapidamente os lutadores profissionais que subiriam na arena para enfrentar os dois lutadores amadores. O prêmio final, se qualquer um dos lutadores fosse bom o suficiente, seria um contrato de representação com a SLAM INC.

— Liza vai explicar como dar os lances. — Sloane passou o microfone para a assistente.

Kat mal ouvia. Sua atenção estava fixa em Sloane quando ele saltou da jaula e imediatamente foi engolido por um enxame de pessoas que tentavam chamar sua atenção.

Perdendo-o de vista, ela baixou o olhar para seu vinho. Era branco e seco, mas ela não conseguia se lembrar de que tipo exatamente.

Seus pensamentos estavam tomados por Sloane. Ele era grandioso, vestia o poder como uma segunda pele. Ela estava muito fora de sua zona de conforto ali. No entanto, na limusine, Kat havia se sentido à vontade o suficiente para falar com ele sobre seus sonhos para a confeitaria, e sua fantasia de apanhar. Ele a fazia se sentir segura e capaz, não tola por sonhar, ou pervertida por ter uma fantasia. Ela firmou sua resolução. Se conseguia falar com Sloane naqueles termos, conseguiria passar por aquele evento.

Kat perdeu o interesse em olhar para o vinho quando um par de sapatos de couro artesanais pretos entrou em sua linha de visão. Devagar, ela examinou as calças perfeitamente drapeadas e os quadris estreitos, a camisa de seda preta coberta por um blazer requintado.

Sob as luzes fortes, o rosto dele a cativava, fazendo com que ela quisesse acariciar o contorno duro de sua mandíbula, traçar suas duas cicatrizes — a que cortava sua sobrancelha estava mais fraca do que a da boca. Palavras como "bonitinho" não cabiam na mesma frase que "Sloane". Beleza talhada funcionava. Pecaminosamente sexy. Persuasivo e perigoso.

Ele olhou para ela como se não houvesse mais ninguém no lugar.

— Não gostou do seu vinho?

Concentre-se.

— É muito bom.

— Você não está bebendo.

— Infelizmente, a safra antiga não combina bem com minha perna manca. — Foi preciso esforço para não olhar e ver se suas cicatrizes estavam cobertas. A barra assimétrica do vestido ajudava a escondê-las.

Ele se inclinou, apoiando as mãos sobre os braços da cadeira.

— Não acabamos de falar sobre querer se libertar? Você não vai cair enquanto estiver comigo.

Os olhos cor de caramelo a fulminavam. Faziam-na se sentir segura, protegida e sexy. Faziam Kat querer se libertar e não se preocupar mais com a perna pelo menos por um segundo, em vez de deixá-los constrangidos. Seu coração batia pesadamente. Estar tão perto fazia disparar seu pulso.

— Não consigo. — Estava indo bem até o momento, mas ela não ia correr o risco de tropeçar e cair. Ou um ataque de pânico. Era importante para ela não constrangê-lo naquela noite.

— Você consegue. — Cobrindo a mão dela, que envolvia a taça de vinho, ele disse: — A menos que você precise de ajuda para fazê-lo. Como precisar que eu te dê o vinho da minha boca.

Ela apertou as coxas em resposta à descarga de calor que percorreu seu corpo.

— Você está blefando. Há pelo menos uma centena de pessoas aqui.

A mão dele se fechou em torno da mão dela e puxou o vidro de seus dedos. Ele tomou um gole, mas a longa coluna de sua garganta não se mexeu. Lentamente, ele baixou a taça e se aproximou de Kat. Quanto mais se fechava o cerco sobre ela, menos ela queria resistir. Mais queria se entregar. A sedução de confiar nele a derretia.

Quando Sloane estava a apenas um centímetro de Kat, ela enterrou os dedos em sua própria coxa para abafar o gemido de desejo. Um leve rubor fazia a cicatriz na boca dele parecer branca, irregular.

— Sloane?

Uma voz feminina sensual quebrou o momento.

Os olhos de Sloane se estreitaram e suas narinas se dilataram.

Por um instante, Kat pensou que ele fosse ignorar a voz para dar o vinho a ela. E ela deixaria.

Porém, Sloane engoliu, recuou e levantou-se em toda sua estatura. Depois entregou a taça a um garçom e virou-se de frente para a mulher.

— Paloma.

Kat respirou fundo e fechou a boca quando uma mulher em um vestido vermelho-fogo que mal cobria suas coxas finas colocou a mão no braço de Sloane.

— Quanto tempo.

Sloane pegou a mão de Kat e a ajudou a ficar em pé.

— Esta é Kat Thayne.

— Prazer em conhecê-la. — As palavras fluíram no piloto automático, enquanto o cérebro de Kat gritava, *Paloma a cantora!* O cabelo loiro que era sua marca registrada caía numa cascata cintilante até a cintura. Paloma abriu um sorriso.

— Um prazer, Kat. Você está com Sloane esta noite, suponho? — Curiosidade descarada brilhava nos olhos de corça marrons.

— Sim. — Sloane colocou a mão dela sobre o cotovelo. — Ouvi dizer que você tem um CD novo que sai em breve.

O sorriso de Paloma ficou mais largo, e ela saltou levemente em seus sapatos de salto-agulha.

— Ficou incrível. Não posso te agradecer o suficiente por toda a sua ajuda.

— O prazer foi meu. Aproveite a noite. — Sloane guiou Kat em direção a uma porta. — Vamos jantar e finalizar as obrigações para que eu possa ter você só para mim.

Ela mal notou a brisa fria, quando saíram ao ar livre.

— Paloma foi sua acompanhante. — Kat fez uma careta assim que as palavras saíram da boca. Droga, aquilo não importava.

— Por um tempo, foi.

Sem meias-palavras.

— Você a ajudou com a carreira.

— Era o que ela queria de mim.

Não a única coisa. A imagem de Sloane nu com Paloma, com qualquer outra mulher, tocando-a como ele tocava Kat... Seu estômago queimou com o pensamento. Ah, merda, era um mau sinal. Ciúme era uma droga e indicava posse, quando ninguém era dona de Sloane. Endurecendo-se contra o lampejo indesejado de possessividade, ela se concentrou em Ethan, que segurava a porta aberta para entrarem na limusine. Uma vez sentados, ela perguntou:

— Para onde estamos indo?

— A arena Thunder Cage fica separada da adega Rolling Thunder. Vamos jantar no salão de degustação de vinhos de lá. Fica apenas a um minuto de carro.

Ainda se recuperando das emoções que Paloma havia despertado nela, Kat olhou em volta, procurando outro assunto para falar. Finalmente escolheu um detalhe que Sloane tinha mencionado em seu discurso na arena.

— O que é *De lutadores a mentores*?

— É o que diz. Uma organização onde lutadores, muitos deles aposentados, viram mentores da molecada.

Kat olhou para ele, pensando em seus anos de crescimento, muitos deles em lares adotivos.

— Você é um mentor?

— Participo um pouco. Quando tenho tempo, oriento dois rapazes, Robert e Kevin. Ajudo um pouco com alguns outros garotos, mas alguns desses lutadores fazem muito mais do que eu, como o Drake... — Ele parou e se virou. Seus dedos cravaram nas coxas.

Ele era uma ilha e permitia que muito poucas pessoas entrassem, mas nunca deixava sua dor sair. Ela envolveu os dedos em torno da mão rígida de Sloane e a arrastou até aconchegá-la entre a palma de suas mãos.

— Você está fazendo aquilo de novo, não está?

Ela o encarou.

— Te oferecer conforto? Ser sua amiga? Estou.

Ele entrelaçou os dedos nos dela.

— Se você continuar a fazer merdas como esta, posso não ser capaz de te deixar ir embora. Nunca.

Capítulo 06

Para manter os nervos sob controle, Kat deu uma olhada pelo salão de degustação da adega Rolling Thunder. O cômodo grande ostentava prateleiras personalizadas contornadas por ferro forjado, que revestiam as paredes para expor os vinhos. Piso de mármore, teto de vigas aparentes e toques de cerejeira contribuíam com a sofisticação. Garçons moviam-se de forma eficiente entre as mesas redondas cobertas por toalhas brancas como a neve e postas com utensílios de porcelana delicada.

Cada pessoa no salão olhava fixo para a mesa deles, mais especificamente, para a de Sloane e Ronnie T. Devonshire, o magnata do setor imobiliário que havia se tornado estrela de *reality show*.

— É um pouco intimidador, não é? — disse a loira ao lado de Kat.

Kat virou-se para ela e sorriu.

— Tão óbvio assim?

— Não, só calhou de eu ter informações privilegiadas. Sou Sherry Moreno. John... — Ela deu uma cotovelada no homem grande e de cabeça raspada, ao seu lado — ...é meu marido. Ele e Sloane são amigos desde os tempos de UFC.

— Olá, Kat. — John olhou por cima da esposa. — Vi você na academia, mas não tive a chance de dar um "oi".

Kat acenou para ele com a cabeça.

— Prazer em conhecer vocês.

Sloane se inclinou para eles.

— Sherry é faixa-preta em Tae Kwon Do. Pedi para ela treinar com você esta semana, enquanto eu estiver fora.

— Pediu? — disparou Kat, assustada com o anúncio. Não tinha certeza se gostava da ideia.

Os olhos de Sloane ficaram cálidos, e ele brincou com o cabelo dela.

— Vou sentir falta de treinar com você, mas vou ficar fora durante toda a semana. Sherry é boa.

— Eu poderia esperar.

Ele balançou a cabeça.

— Faça isso por mim. Você precisa se manter firme no treino e ficar pronta para lidar com qualquer coisa.

Ele se referia aos ataques de pânico e a David. Só o fato de pensar em David disparou a determinação de Kat.

— Está bem.

Os cantos dos lábios dele apontaram para cima.

— Essa é minha lutadora.

— Um dia você pode acabar se lamentando por ter despertado isso em mim.

Ele se inclinou mais perto.

— Acha que pode me derrotar, confeiteira?

— Ah, cara. — Sherry riu. — Vou ensiná-la a te colocar de bunda no chão, Sloane.

Kat desviou a atenção de Sloane para analisar a mulher que com quem treinaria. Num vestido social azul-safira, ela mostrava bíceps musculosos, mas mesmo assim, conseguia fazer tudo parecer feminino e sedutor.

— Me ensine a fazer isso, e você pode ganhar sobremesas grátis na minha confeitaria por um ano.

Os olhos castanhos de Sherry iluminaram-se como fogos de artifício.

— Negócio fechado.

John aproximou o corpo da esposa.

— Cara, você está ferrado. Estas duas juntas são encrenca.

Sloane puxou suavemente uma mecha de cabelo de Kat.

— Elas estão convidadas a experimentar. Porra, estou ansioso para ver Kat tentar me derrubar.

O olhar de Sloane aqueceu a pele dela, fazendo-a corar enquanto os garçons serviam as refeições. Filé mignon, arroz de lavanda, espargos com limão, tudo servido em lindos pratos. Ela mal notou, distraída demais com a sensação dos olhos de Sloane, que a desafiavam a enfrentá-lo na frente de todas aquelas pessoas. Ele estava pedindo por isso.

— Cuidado aí, campeão, conheço sua fraqueza.

Ele levantou uma sobrancelha.

— E qual é?

— *Cupcakes* de limão. Tenho certeza de que eu poderia fazer você implorar por um *cupcake* de limão. — Ok, ela podia estar brincando com a sorte.

— Trapaceira. — Envolvendo a mão no cabelo dela, ele pressionou. — Você sabe que eu faria qualquer coisa pelos seus *cupcakes* de limão.

Ela não conseguia desviar o olhar, dominada pela confiança absoluta daquele homem. Ah, claro, eles estavam se enfrentando apenas verbalmente, provocando um ao outro, mas alguns homens teriam se sentido ameaçados, respondendo com raiva ou ficando na defensiva.

Sloane entregava-lhe a vitória e a fazia se sentir poderosa com isso. Kat nunca tinha vivido algo assim com um homem. David a havia lembrado muitas vezes de que ela não era tão inteligente quanto ele. Por outro lado, Sloane, um homem facilmente três vezes mais forte do que ela, a fazia se sentir poderosa.

— Sloane — uma nova voz interrompeu. — Eu estava esperando que você fosse lutar no evento da Caged Thunder.

Kat olhou pela mesa, na direção de Ronnie T. Devonshire. Ele era mais velho do que Sloane uns vinte anos, mas seu típico cabelo ruivo continuava grosso; seus olhos verdes, muito aguçados.

— Não estou interessado.

Ronnie pousou seus talheres, focado totalmente em Sloane.

— O que levaria você de volta para a gaiola?

— Um adversário digno do meu tempo. Caso contrário, estou mais interessado no meu negócio.

— Nomeie sua escolha e faço isso acontecer. Vamos fazer um especial em *pay-per-view*. Chamaremos de *Vingança Enjaulada*.

O estômago de Kat se apertou com tal pensamento. Mal tinha engolido sua garfada de arroz. A ideia de Sloane lutando de novo... ela não podia suportar.

— Eu te falo quando encontrar a pessoa — respondeu Sloane, relaxando na cadeira.

— Você tem o quê, agora, 30 anos? Não tem mais muitos anos de luta pela frente. Precisamos agir enquanto você ainda está quente.

Kat travou a mandíbula para resistir à vontade de dizer a um dos homens mais poderosos do mundo para se mandar dali. Não queria que Sloane lutasse.

Um homem aproximou-se por trás deles e bateu a mão no ombro de Sloane.

— Sloane, você devia dar ouvidos. Poderia usar o evento *Profissionais Vs. Amadores* como um esquenta.

Sloane olhou para cima.

— Não vai rolar. — Ele pegou a mão de Kat. — Kat, você já conhece Clay Barton? Ele é dono da adega Rolling Thunder.

Kat o reconheceu como um dos quatro lutadores que Sloane tinha apresentado ao público durante seu discurso.

— Prazer em conhecê-lo. Então você é dono da adega e luta?

— Não mais no UFC. — Ele piscou para ela. — Agora só faço isso por diversão.

Lutar por diversão. Hein? Claro, era divertido quando Kat e Sloane treinavam, mas não estavam tentando machucar um ao outro. Ela estudou Sloane.

— Você sente falta? Quer sair da aposentadoria?

— Não. — Ele flexionou o maxilar, e seus olhos brilharam com estilhaços de dor e determinação. — Não até que surja a razão certa para eu voltar para a gaiola.

Calafrios rolaram sobre a pele de Kat. Ela pensou em Drake dizendo-lhe que Sloane treinava como um demônio. Era necessária uma motivação séria para se comprometer com aquele tipo de treino rigoroso.

Será que ela ao menos queria saber o que o levaria de volta para a gaiola?

Sloane tirou o blazer e afrouxou gravata, enquanto estava em pé ao lado da limusine, esforçando-se para conter a energia acumulada que corria rasgando por suas veias. Durante toda a noite, ele havia encoberto seu ímpeto de vingança sob o rosto inexpressivo. Depois de anos de treinamento, de planejamento, de viver para aquilo, o plano finalmente se encaixava. Lee Foster entraria na gaiola.

E Sloane estaria esperando. Só mais algumas semanas.

Em um instante, os últimos doze anos se tornaram cinzas, e ele recordou-se vividamente daquele filho da mãe fugindo da casa. A cena então mudou e ele viu Sara amontoada no chão do quarto, nua e sem vida...

Não. Sloane desligou a memória, deslizou para o lado de Kat e jogou o blazer e a gravata no banco em frente a eles. O cheiro de confeitaria do corpo de Kat permeava o espaço, e o vestido estava subindo por sua coxa esquerda. A boca de Sloane secou e seu sangue bombeou forte. Depois de dizer a Ethan que eles iriam ao apartamento de Kat, ele levantou a tela de privacidade.

Ela recostou-se no assento cinza-acastanhado.

— Você parece nervoso de repente.

— Você não faz ideia. — Ele abriu o frigobar e serviu uma taça de vinho branco seco.

— Quer conversar?

— Não. — Ele queria transar. Precisava. *Se controle, idiota.* Kat já tinha sido maltratada o suficiente na vida, ele podia muito bem se controlar o bastante para seduzi-la um pouco. — É de você que eu preciso. — Ele colocou o copo de lado e a ergueu em seu colo.

Ela olhou para a tela de privacidade.

— Seu motorista.

— Ethan não pode nos ouvir, nem nos ver. — Colocando-a sobre as coxas, ele verificou para se certificar de que a perna direita de Kat estava apoiada confortavelmente. Os olhos azul-esverdeados dela estavam tingidos com um toque de cinza tempestuoso. Preocupação? Ansiedade? — Eu te disse, confeiteira, não divido. Especialmente você.

— Sua cicatriz fica esbranquiçada quando você está alterado — disse Kat, tocando o lado da boca dele. — Por alguma razão, esta noite foi difícil para você. Não entendo por quê, mas foi.

O roçar suave disparou uma onda diretamente para seu pau, mas a sensação física não era nada em comparação ao soco de emoção que sentiu no peito. Ela o enxergava. Durante toda a noite, sempre que o poço frio de raiva, ódio e culpa tentaram sugá-lo, Kat tinha estado lá. Ela o provocou, sorriu para ele, ou apenas o tocou. Kat tinha sentido medo de envergonhá-lo por algo tão trivial como tropeçar, sem perceber que, naquela noite, era ela que estava mantendo o purgatório pessoal de Sloane sob controle.

Assim como ela estava fazendo naquele momento.

A descarga de adrenalina delineou uma necessidade feroz de possuí-la da forma mais primitiva. Tão fundo e duro, que ele ficaria marcado nela para sempre.

Sloane não poderia tê-la para sempre, mas faria questão de ter certeza de que ela não o que esquecesse. Isso era tudo o que podia lhe dar.

Para distraí-la da cicatriz em sua boca e do nervosismo, ele pegou a taça de vinho.

— Tome um pouco de vinho.

O olhar de Kat recaiu sobre a taça, e ela ergueu a mão para pegá-la.

— Não. Desse jeito. — Ele levou a taça aos lábios e a inclinou. Em seguida, recolocou o copo em um suporte e abaixou a cabeça.

Os olhos de Kat se arregalaram. Seus lábios se separaram. Quando ele chegou perto o suficiente, ela lambeu o franzido dos lábios dele, uma lambida quente e úmida que foi direto para a virilha dele numa onda de choque e prazer.

Sloane segurou Kat junto dele e deu-lhe o vinho, deixando-a beber de sua boca. Compartilhar a bebida com ela acendeu sua voracidade para obter mais. Seu peito doía com a sensação.

Ele penetrou a boca dela com a língua, saboreando as últimas gotas do *chardonnay* e de Kat. Ela cravou os dedos nos ombros dele.

Uma necessidade palpitou em sua espinha. Desgastado demais para ser cuidadoso, ele separou o beijo.

— Puxe o vestido para cima. Não quero rasgá-lo. — E ele o faria.

Ela estendeu a mão e puxou, revelando suas pernas longas e tonificadas por todo o caminho até o topo das coxas.

Ele cravou os dedos nas palmas para evitar tocá-la. Por enquanto.

— Puxe mais. Me mostre a calcinha que você está usando.

Cravando os dentes no lábio inferior, ela puxou mais o vestido, expondo o pedacinho bege de tecido delicado que cobria seu púbis, com tirinhas fazendo uma curva sobre os quadris.

O sangue de Sloane disparou para a virilha, inchando o pênis num estado doloroso, enquanto a confiança dela envolvia seu coração. Kat acreditava que ele iria protegê-la, impedir que outros a vissem. O vestido continuava no corpo, de modo que ele pudesse facilmente cobrir Kat caso alguma coisa acontecesse e surgisse a necessidade. Relaxando a mão, ele traçou a borda superior da calcinha dela.

— Isso aqui vai embora. — Sloane deslocou Kat para o assento e caiu de joelhos. Segurando o tecido macio, ele o puxou, deixando-a completamente nua para ele da cintura para baixo. Sloane se inclinou sobre ela para pegar seu vinho.

Kat arregalou os olhos.

— Com sede?

— Você bebeu de mim. Eu não deveria ter o mesmo privilégio?

— Beber da minha boca? — ela perguntou, cravando os dedos no vestido enrolado.

— Sou mais original do que isso — respondeu ele, desferindo um sorriso de lobo. — Segure o vestido. — E ele inclinou a taça para derramar o líquido dourado no umbigo dela.

Kat estremeceu e soltou o ar num sopro.

Sloane lambeu o vinho, o sabor adstringente misturando-se ao gosto da pele dela. Ele derramou mais do líquido e lambeu de um lado a outro do quadril dela. Os músculos do estômago de Kat pularam e se contraíram. Ah, mas ele queria mais. Ele ansiava pelo sabor do desejo dela.

Arrumando-se entre as coxas, Sloane abriu as pernas dela. Rosada, molhada e inchada. Levantando o olhar para o rosto de Kat, ele prendeu a respiração. Os olhos repletos de desejo não tinham medo, não tinham reservas. Ela se entregava com plena fé de que Sloane fosse cuidar tanto de sua privacidade, como de seu prazer. Ele tinha que tornar aquilo bom para ela. Então ele trouxe a taça para perto e a inclinou.

— Sloane. — Kat arqueou o corpo quando o líquido se derramou sobre as dobras de seu sexo.

Colocando a taça de lado, ele mergulhou, juntando o vinho acre e o doce néctar de Kat numa longa e lenta lambida. A sensação do calor cremoso dela em sua língua ardente, incendiou ainda mais sua fome. Ele a lambeu, provocando o clitóris até que pudesse sentir o botão latejar.

Kat pôs as mãos nos cabelos dele, puxando enquanto se contorcia.

Sua urgência acionou o lado feérico de Sloane. A necessidade de fazê-la gozar o deixava duro.

Levá-la para alturas de um jeito que só ele poderia.

Depois afundar o pau dentro dela.

Baixando mais, ele traçou a abertura do sexo com a língua até que ela se contorcesse ao seu toque. Ele sabia exatamente como acendê-la. Com o polegar, acariciou o clitóris penetrando-a com a língua até que ela estremecesse e explodisse, coxas apertando em torno dele, enquanto se arqueava e gemia.

O gosto e o cheiro dela o deixavam louco. A necessidade de possuí-la atormentava cada nervo seu. Erguendo-se nos braços, ele rosnou:

— Mal posso esperar.

Sloane desabotoou as calças com uma das mãos e a empurrou para baixo apenas o suficiente. Segurando com a outra, ele girou a cabeça do membro contra a entrada escorregadia de Kat e gemeu. Outro presente que ela lhe dava: seu corpo sem barreiras. Não iria bombear nela como um animal. Sloane recuou contra o ímpeto primitivo e a penetrou centímetro a centímetro. Ela estava escorregadia, macia e apertada como uma luva. Ele jogou a cabeça para trás e apertou os molares.

— Sloane. — Kat agarrou seus braços, levantando os quadris para acomodá-lo.

No meio do caminho dentro dela, e com fogo queimando sua lombar com a necessidade frenética de penetrá-la e reclamá-la, ele baixou o olhar.

— Deixe eu te dar o que você precisa. Tudo. — Os olhos inchados pelo desejo o fitaram.

A doçura das palavras dela fez as barreiras de Sloane caírem por terra.

Ele se abaixou sobre ela e fundiu a boca na sua, enfiando-se no seu calor até as bolas. Sugando a língua dele, ela puxou-lhe a camisa para cima e passou as mãos por todo o corpo dele. Como se não conseguisse ter o suficiente.

Sloane interrompeu o beijo. Apoiou-se nos antebraços e travou os olhos nos dela. Menor e mais delicada do que ele, e ainda assim, somente Kat tinha o poder de conter aquele poço de solidão que tentava sugá-lo.

— Preciso de você — ele gritou em desespero, um grito arrancado do poço de solidão dentro dele.

Ela prendeu as pernas em volta dele e acariciou suas costas.

— Você me tem.

O cetim fresco dos sapatos dela cravou-se na bunda de Sloane, enquanto Kat se movia ao ritmo das investidas. Com cada mergulho, os sons que faziam juntos o elevava mais. Ele deslizou a mão por baixo dela, inclinando os quadris para alcançar ainda mais fundo.

— Eu vou... — O corpo dela se curvou; boca ofegante, rosto corado, e apesar de tudo, os olhos dela continuaram nele.

Deixando que ele visse o segundo em que ela se entregaria por completo ao prazer que recebia e que convulsionaria em torno de seu pênis.

Incrivelmente bela, a visão arrancou restante de seu controle. Ele bombeou dentro dela, ofegante e tenso ao perseguir o êxtase que somente Kat poderia lhe dar.

O orgasmo disparou pela espinha dele e explodiu. Indefeso sob o poder do próprio prazer, ele sustentou o olhar dela. A conexão entre eles o alimentava, preenchendo sua solidão estéril e fria. Sloane desejava aquele vínculo ainda mais do que queria o alívio.

Levou minutos para ele recuperar o fôlego. A intensidade o sacudiu e o capturou ao mesmo tempo. Ele gentilmente emoldurou o rosto dela com as mãos.

— Vou ficar com você esta noite.

Capítulo 07

Kat acordou assustada. Estava um breu em seu quarto, exceto pelos números verdes em seu despertador. Uma e quarenta da madrugada. Sloane estava envolto ao seu redor com o braço pesado, ancorando-a para ele. Ele parecia uma fornalha queimando suas costas.

Estava doente? Ela começou a se remexer, mas parou quando ouviu a voz áspera de Sloane murmurar alguma coisa. Seu braço estava travado com força em torno dela, impedindo-a de se virar. O que ele disse? Estava acordado?

Sloane resmungou e puxou Kat de volta, agarrando-a junto a seu corpo.

O peito dela se contraiu quando a adrenalina foi lançada em seu sistema. Com o coração acelerado, ela empurrou o braço dele. Ele não se moveu. Encurralada, Kat estava encurralada.

— Sara.

Aquela única palavra clara perfurou seu pânico. Sugando o ar, ela se acalmou.

— Um pesadelo — sussurrou ela. Tudo o que tinha de fazer era acordá-lo. — Sloane?

Ele gemeu e murmurou mais sons ininteligíveis, mas não acordou.

Não estava funcionando. Fragmentos de pânico

arranharam os nervos dela, fazendo-a querer espernear e lutar. Mas Sloane estava refém de um pesadelo, por isso, ele poderia revidar. Isso a assustava o bastante para fazer sua voz travar.

Pense. Não entre em pânico.

Sloane tinha dito o que fazer se ela não conseguisse falar quando estava com ele: dar os três toques. Ele havia dito que fora treinado para reagir àquilo. Será que funcionaria também quando ele estava dormindo? Rapidamente, Kat bateu três vezes com força em seu antebraço musculoso e retesado.

Sloane se mexeu atrás dela, levantando-se sobre o outro braço.

— Kat?

Funcionou. Assim como ele tinha dito que funcionaria. Aliviada, ela relaxou e rolou de costas. Já que seus olhos se haviam se adaptado à escuridão, ela conseguia distinguir as linhas do rosto dele.

— Você estava tendo um pesadelo.

— Merda. — Ele largou o corpo para longe dela, colocando distância entre eles. — Durma. Você tem que levantar daqui a algumas horas.

Estavam lado a lado, encapsulados pela noite tranquila. Agora que Sloane estava acordado, ela podia pensar. A única palavra que Kat tinha entendido era Sara.

— O pesadelo era sobre a sua irmã?

O colchão se mexeu quando Sloane ficou tenso.

— Era.

O que ela poderia fazer para ajudar? Ele havia se afastado, estava imóvel e em silêncio, com a respiração brutalmente controlada.

Incapaz de suportar, ela bateu com a palma da mão sobre o lençol, bateu no antebraço musculoso e seguiu até a mão fechada num punho apertado. Ela passou o polegar sobre os nós dos dedos distendidos.

— Posso fazer alguma coisa para ajudar?

Ele puxou a mão e deslizou para fora da cama.

— Vá dormir. Vou beber um pouco de água. — Ele saiu do quarto.

Deveria deixá-lo sozinho? Mas como poderia, quando ela conseguia sentir seu isolamento e sua dor? Ela empurrou as cobertas de cima, agarrou a camisa de Sloane e a vestiu às pressas. Sem se incomodar em abotoá-la, ela se arrastou pelo corredor até a cozinha. Sloane não estava lá, mas na porta de correr de vidro que levava ao pequeno pátio. O luar suave derramava-se sobre seus ombros largos e esculpidos, que afunilavam a uma cintura estreita. Os globos de sua bunda nua eram feitos para as mãos de uma mulher segurarem enquanto ele a penetrava.

A tatuagem em seu bíceps direito brilhava, as chamas ao redor do s quase pareciam reais.

Mas o que atraía Kat para ele era a forma como ele estava tão imóvel, nu e sozinho. Como se fosse tudo o que ele soubesse, tudo o que ele esperava. Ela começou a seguir na direção dele.

— Eu a encontrei.

Kat agarrou a parte de trás do sofá quando a implicação completa sugou o ar de seus pulmões. Ele havia encontrado o corpo de Sara. Ah, meu Deus, ele tinha encontrado a irmã assassinada. Arrancando a mão de cima do sofá, ela correu para Sloane e dobrou os braços em volta dele.

— Volte para a cama — disse ela baixinho, pressionando o corpo às costas dele. — Não vou perguntar mais nada.

Ele passou a mão pelos pulsos dela.

— Sara foi para um lar adotivo. Eu recusei. Eu não era criança, e estava de saco cheio daquela merda. Passava a noite em qualquer lugar que pudesse.

Ela fechou os olhos, inclinando o rosto contra a pele dele, sobre os músculos tensos demais. Como deveria ser? Kat não tinha ideia. Ela poderia se mudar no dia seguinte para a casa de seus pais. Ah, claro, eles a julgariam e tentariam controlá-la, mas também a amava o melhor que podiam. Eles nunca a deixariam *passar a noite* em algum lugar.

— Quantos anos você tinha?

— Dezesseis.

Como a mãe dele poderia ter deixado aquilo acontecer? E Sara... Pela forma como Sloane agia, Kat tinha certeza de que ela era mais jovem. — Que idade tinha Sara?

— Dezesseis.

Arregalando os olhos, Kat olhou fixo para a grande tela preta sobre o canto. *Não comemoro meu aniversário.* Agora tudo fazia sentido.

— Vocês eram gêmeos.

— Quatro minutos de intervalo. Sou o mais velho.

— Ah, Sloane. — Ela o abraçou mais apertado, desejando que pudesse absorver a dor. Marshall era oito anos mais velho do que ela, e perdê-lo causaria uma dor profunda. Perder o irmão gêmeo com quem você tinha dividido um útero? Celebrado todos os aniversários juntos? Era inimaginável.

— Sara sempre me fazia um bolo ou *cupcakes*, em nosso aniversário. Mas naquele dia, tive a chance de ir assistir a uma luta. Cheguei tarde no lar adotivo onde ela estava. — Ele bateu com a mão na janela, inclinando-se para ela. — Tarde demais, porra.

A verdade atingiu Kat como um estilingue no peito.

— Sara morreu no seu aniversário. — Em seu décimo sexto aniversário, Kat, teve uma festa digna de um país das maravilhas invernal em um salão de baile e ganhou um carro novo. Sloane foi pego de surpresa por encontrar o corpo de sua irmã estuprada e assassinada.

— Eu tinha um presente para ela, um colar barato que eu tinha colocado no pescoço de um cachorro de pelúcia. Mas nunca tive a chance de entregar.

Recusando-se a soltar Sloane, ela enxugou com o ombro as lágrimas que escorriam por seu rosto.

— Não foi culpa sua.

— De certa forma foi. Não podíamos contar com Olivia; só tínhamos um ao outro. Achei que um evento de MMA fosse mais importante do que Sara em nosso aniversário. Se eu tivesse aparecido na hora em que deveria ter aparecido, aquele filho da puta não a teria tocado.

— Quem matou? Por quê? — Kat não podia imaginar.

— Lee Foster. Ele alugou um quarto da família com quem ela estava morando. Ficou-se sabendo depois que os assistentes sociais não sabiam disso, mas havia um monte de merda de que não sabiam ou não se importavam. Foster entrou, encontrou Sara sozinha. Ele provavelmente tentou algo e ela o rejeitou. Mas ela era pequena, como a nossa mãe e... Porra.

Não sabendo mais o que fazer, Kat apenas ficou abraçada para mostrar que ele não estava sozinho.

— Quando ele foi pego, jurou que não tinha matado Sara. Que tinham feito sexo consensual e ele saiu. Voltou só depois que eu a encontrei. Disse que ela era uma vadiazinha, que aceitaria qualquer um. — Fúria vibrou em sua voz.

Kat deslizou debaixo do braço apoiado contra a janela. A agonia que nadava nos olhos dele a fazia sentir como se seu peito tivesse sido aberto. Olhos secos sombreados por catorze anos de tristeza, culpa e raiva. Agarrando o rosto dele nas mãos, ela não se importava que ele visse as lágrimas.

— Foster a assassinou, Sloane. Não você.

— Era aniversário dela. Sara ficava empolgada com essas merdas. Eu era muito difícil de se lidar, mas a Sara... — Ele passou a mão sobre o rosto. — Ela nem sabia que eu tinha guardado dinheiro para comprar o colar e cachorro de pelúcia. Ela sempre quis ter um maldito cachorro. Porque um cachorro iria amá-la, independente de qualquer coisa.

— Você a amava. Você ainda a ama. Isso conta. Muito. — Tinha que contar. Mas e quanto à mãe deles? — Onde estava sua mãe? Ela não vinha visitar Sara e você no seu aniversário?

O olhar de Sloane desviou-se para a janela.

— O namorado da Olivia não queria filhos adolescentes. Normalmente era assim. Nenhum dos caras com quem ela se juntava queria a gente, então ela nos jogava em um orfanato. Depois, quando o mais recente príncipe encantado acabava se mostrando ser um sapo, ela nos pegava de volta. Não acabava nunca, não até aquela noite.

O coração de Kat doía pelas duas crianças perdidas. Mas agora entendia por que seus pais bem-sucedidos e elitistas não o tinham assustado. Ele tinha visto o pior. Muito pior.

Como um homem tão generoso quanto Sloane, um homem que protegia Kat de ameaças, podia pensar que não poderia amar?

Sloane se inclinou para baixo, pressionando a testa na dela.

— Você está chorando.

— Estou. — Como não poderia?

Ele enxugou as lágrimas com o polegar.

— Por Sara?

Cercados pela noite e banhados pelo luar, ela não tinha capacidade de reter ou acobertar a verdade. Não queria.

— Por vocês dois.

Ele a encarou, a desolação em seus olhos competindo com a confusão.

— Por que eu? — A voz dele parecia perplexa. — Eu não morri.

Ele havia *sofrido*.

— Acho que uma parte sua morreu — disse ela, em voz baixa. A parte que confiava no amor. A mãe dele tinha sido uma espécie de namoradora de idiotas, que ela escolhia em detrimento dos próprios filhos. Então Sara o deixou quando morreu. Ah, claro, era irracional, mas Kat sabia tudo sobre medos irracionais e estava disposta a apostar que, no fundo, Sloane não queria amar mais ninguém e deixar que o abandonassem também.

Bem, ele amava Drake, seu mentor, mas Sloane provavelmente não encarava dessa forma. E Drake também não o *estava deixando*? Ou seja, isso apenas consolidava suas crenças.

Todo os arranjos de relacionamentos temporários de Sloane agora faziam uma espécie triste de sentido. Ele controlava a situação com um acordo, não confiando em sentimentos ou em destino.

Era de partir o coração. Ele merecia mais. Kat acariciou-lhe o queixo, tentando apagar a solidão severa gravada em suas feições.

— Vamos para a cama. Veja se consegue descansar. Você pode continuar dormindo depois que eu for trabalhar, pela manhã. Vou te deixar uma chave para trancar a casa.

O rosto dele se suavizou, e ele a puxou nos braços.

— Você vai me deixar te abraçar?

Kat encostou o rosto no peito dele, sentindo o ritmo lento e constante de seu coração. A pele de Sloane contra a sua criava um zumbido baixo reconfortante, não sexual, mas algo muito mais poderoso e vulnerável. Cada inspiração que davam juntos parecia ligá-los com mais força.

— Se você quiser.

Capítulo 08

Kat sentou-se no banco do passageiro de seu carro. Era antes das cinco da manhã, e Sloane estava insanamente gostoso numa bermuda de treino e uma regata, enquanto dirigia o Hyundai Santa Fe de Kat. Ele não tinha o direito de ficar tão bonito depois de talvez três horas de sono, quatro no máximo.

— Você poderia ter ficado dormindo e pedir para o Ethan te buscar no apartamento mais tarde.

— Não se o Dr. Otário estiver de volta na cidade. Vou levar você para o trabalho, me certificar de que você entre e feche a porta.

Kat ficou tensa. Era esperado que David estivesse de volta naquele fim de semana. Será que ele tentaria falar com ela novamente, ou a deixaria em paz?

— Coloquei os números de telefone do Ethan e do John no seu celular.

— Quando você fez isso? — Agarrando o celular da bolsa, ela procurou entre os contatos. Sim, lá estava o motorista, Ethan, e o amigo, John Moreno.

— Quando você estava no banheiro. Ele lançou um olhar de soslaio. — Faz alguma diferença?

Tirando que ele estava invadindo a vida dela como um rolo compressor?

— É o meu telefone. Eu não fico olhando no seu.

A tatuagem flexionou sobre o bíceps dele.

— Eu disse que fiquei fuçando no seu telefone, gatinha?

Aquela voz suave apenas aguçava a ansiedade de Kat. Ela estava cansada e irritada, especialmente desde que estava pensando sobre Sloane ir embora de manhã. Nada de treino com ele. Nada de dormir com ele. Nada de lutar com ele. Nada de orgasmos intensos e alucinantes com ele. Nada de observá-lo gozar por ela. Isso a deixava incomodada, era uma droga. Mas começar uma briga não ia adiantar de nada.

— Por que você está colocando os números dos seus amigos no meu telefone?

— Se você tiver qualquer problema com o "Otário" enquanto eu estiver na América do Sul, ligue para Ethan ou John.

Simples assim? Mandando na vida dela.

— Não vamos seguir por esse caminho. — Ela virou a cabeça para encarar o para-brisa e apertou os dedos em torno da caneca de viagem quente, prateada, acomodada entre as coxas. — Não vou ficar dependendo de você. David é problema meu. Eu vou lidar com ele.

O silêncio inundou o carro.

Kat se recusou a recuar.

Apertando os dedos ao redor do volante, ele disse:

— Você prefere que eu coloque uma equipe de guarda-costas atrás de você?

A incredulidade explodiu através dela.

— Está tentando me assustar ou me ameaçar?

Ele disparou-lhe um olhar.

— Vou estar fora da porra do país. Você vai estar fora do meu alcance. E no momento, não estou gostando dessa merda. Nem um pouco. Você tem um ex otário, que eu suspeito que tenha ferrado com as pessoas erradas, e você já foi pega nisso uma vez. Não vai acontecer de novo. Não vai. — Os dentes dele travaram, e cada músculo e tendão seu inchou em estado de ameaça desmedida.

O ar saiu dos pulmões dela num sussurro. Um zumbido fraco perturbava sua audição. Não era um ataque de pânico, mas o choque. A sensação de ser jogada de um penhasco e não saber o que estava embaixo dela.

— Eu... é... — O quê?

— Além disso, estou com repórteres rondando meu traseiro, derramando mais sofrimento potencial na sua vida. Então, linda, você pode fazer isso da maneira mais fácil e me dizer que você vai ligar para o Ethan ou para o John se o "Otário" ou qualquer pessoa te incomodar, ou vou colocar uma equipe atrás você. Escolha.

Ela não sabia o que fazer. Ou dizer. Ou pensar.

— Eu poderia simplesmente ligar para Diego ou Kellen.

— Você pode, depois de ligar para Ethan ou John. Seus amigos te amam, mas meus amigos são mais bem-treinados. Então ligue para todo mundo se precisar. Ou arranje proteção.

— Você não está agindo de forma racional.

— Você faz isso comigo. Aceite.

— Você está me assustando, Sloane.

— Não, eu não estou. Você nunca se assustou por minha causa. Nunca. Deveria ter se assustado na noite passada.

Prendi você na cama num pesadelo maldito. Você devia ter ficado com medo naquela hora.

— Eu fiquei. Um pouco.

— Não o suficiente para me dar espaço quando deveria ter dado. Não, você veio correndo por aí, usando minha camisa. A porra da minha camisa.

— Você está agindo como um louco.

— Estou plenamente consciente disso, confeiteira. Porque você me deixa louco. Eu poderia te dar o mundo. Carros. Barcos. Joias. Porra, eu poderia te comprar casas. Você quer que a Sugar Dancer seja um sucesso? Linda, eu posso fazer isso acontecer.

Ela estava muito confusa, irritada, quase enjoada com aquela ideia.

— Não quero essas coisas de você. — Não como Paloma e as outras. Assim que entraram no estacionamento da Sugar Dancer, Kat teve um sentimento de propriedade e orgulho. Queria construir seu negócio por si mesma.

— Seria melhor se você aceitasse. Então teríamos um acordo.

— Nós temos um acordo. — Não tinham?

— Aquele acordo? — Ele estacionou o carro e virou a cabeça. — Você mandou aquele acordo pelos ares ontem à noite.

Espere. Uma dor cravou as garras em seus pulmões, fazendo-a ofegar.

— Você está terminando comigo porque eu usei sua camisa?

— Kat, não. Jesus Cristo. — Ele respirou fundo. — Não. Não posso te deixar. Seria melhor se eu deixasse. Melhor para você. Mas não posso. Você veio até mim usando minha camisa. Você chorou pela minha irmã.

— Sloane...

— Você me deixou te ter e não vou te deixar ir. Saber que você está protegida é a única maneira de me deixar chegar ao avião amanhã e fazer o que eu tenho de fazer.

Algo estava errado com o coração de Kat. A forma como estava batendo forte, deixando-a sem ar, ficando grande demais no peito, não podia estar certo.

— Não estou interferindo na sua vida. Só quero saber que você está segura. Não consigo respirar a menos que saiba que existe alguém de olho em você quando eu não estiver presente. John e Ethan. Se precisar de ajuda, ligue para um deles. Ligue para Diego ou Kellen também. Não me importo, a decisão é sua. Só me prometa que vai ligar para John ou Ethan ao primeiro sinal de que pode haver problemas.

— Eu... Tudo bem. — Ele fazia soar tão razoável. E insano. E aterrorizante. — Mas precisamos manter nosso acordo. Somos acompanhantes. Sou apenas sua companhia. — A pele dela arrepiou-se sob o olhar intenso de Sloane.

— Foi isso que você sentiu quando estava nos meus braços?

Não; foi mais como se apaixonar. Baixando os olhos para a mão dele segurando a sua, os dedos mais longos, mais grossos, gentis, em volta dos dela, Kat não podia mentir.

— Não. — O sussurro doeu por causa de seu coração absurdamente pesado.

— Nem eu.

— Estou com medo. Isso não pode ser real.

— Nunca tive nada que parecesse tão real assim. Nunca.

Ela ergueu a cabeça, fazendo seus olhares colidirem. Sentiu o impacto diretamente nos ossos. Uma consciência poderosa estendeu-se entre eles, e Kat realmente sentiu-se recuar daquele sentimento, tentando lutar contra o impulso magnético de Sloane.

— Então, o que vamos fazer?

— Vou para a América do Sul. Você vai filmar seu comercial. Conversamos pelo telefone, e eu aposto que nós dois vamos nos convencer de que isso não é real.

Uma bolha de alívio estourou, dando à Kat espaço para respirar. Certo. As coisas tinham se tornado sentimentais quando Sloane compartilhou o acontecido com Sara. Eles se separariam por cinco dias ou uma semana para refletir.

— Esse negócio vai desvanecer. Só ficamos um pouco intensos demais. — Kat abriu a porta e saiu. Assim que testou seu peso sobre a perna, ela olhou para cima.

Sloane estava ali, um pedaço de mau caminho de um metro e noventa e sete de puro músculo, deixando aquela regata e bermuda obscenas.

— Você vai para a academia agora? — Era cedo e ele mal tinha dormido.

Apoiando as mãos nos ombros dela, ele tocou as pontas dos polegares na pele nua sobre a clavícula dela.

— Mudando de assunto?

— Sim.

Ele sorriu para ela.

— Uma corrida e depois academia.

— Drake diz que você treina como um demônio.

— Eu me aposentei da luta competitiva, mas não da disciplina. Gosto do exercício, me mantém afiado.

Totalmente plausível, mas ela cavou mais fundo.

— Você realmente não quer fazer essa coisa de luta *pay-per-view* que o Ronnie T. Devonshire falou? *Vingança Enjaulada?* — Será que ele sentia falta, da mesma forma como os outros lutadores aposentados sentiam?

Ele passou um dedo sobre a testa dela.

— Isso incomodou mesmo você?

O que ela poderia dizer? Fazia seu estômago revirar e torcer. Fazia seu peito doer.

— É perigoso demais.

— Você não sabe como eu sou bom. Talvez seja a hora de eu mostrar. Tenho DVDs das minhas lutas. Ou você pode vir me ver lutar.

Ela estremeceu.

— Não quero ver você sangrando e ferido. Não importa o quanto você seja bom, tem sempre alguém que poderia ter um golpe de sorte, ou que poderia ser melhor. Foi você quem disse que parte da razão por você parar de lutar foi que tinha tido a sorte de não sofrer uma lesão grave, mas sua sorte poderia acabar. — Ela olhou para o céu que se abria com o mais fino traço da aurora rosada.

— Talvez os sons do confronto desencadeiem alguma coisa.

— *Flashbacks*?

Abaixando o queixo para encará-lo, ela confirmou com a cabeça.

— Sim. *Flashbacks*. — Ela não apenas estava cansada de seus problemas, como não tinha o direito de dizer a Sloane o que fazer. — Preciso ir para o trabalho.

Ele passou a mão pela nuca dela, inclinou-se e a beijou.

Kat derreteu-se até ele gemer e levantar a cabeça. Seus olhos brilhavam.

— A gente para agora, ou não vou simplesmente te levar até a porta, eu vou entrar.

Sloane olhou para a mensagem de texto confirmando que seu avião estava pronto e que tinham as autorizações necessárias, enquanto se dirigia para a cozinha no raiar da manhã na segunda-feira cedo.

— Você ainda vai levar isso em frente.

Drake estava sentado à ilha enorme de granito. O lustre dependurado não suavizava a forma como o câncer tinha devastado o homem, fazendo-o parecer mais próximo de setenta anos, do que de seus cinquenta e poucos. O ex-lutador do UFC já havia carregado mais de 90 quilos de poderosos músculos. Mas o homem na banqueta estava tão magro, que seus ossos provavelmente rangiam uns nos outros quando ele andava. Sua pele tinha uma aparência doentia. Apenas seus olhos não haviam mudado. Ainda eram duros e determinados. Drake tinha sido a única constante na vida de Sloane desde que ele tinha 15 anos de idade.

Agora Drake estava morrendo.

Sloane pegou uma caneca e enfiou-a debaixo da máquina de café. Por fora, tudo parecia sob controle; mas, por dentro, ele mal conseguia respirar enquanto suas entranhas se retorciam e contorciam com fúria negra e raiva impotente frente à doença que estava matando Drake. Era mais fácil se concentrar no que ele poderia fazer... Matar o desgraçado que tinha estuprado e assassinado Sara. — O plano está feito. Lee Foster vai ser um dos amadores escolhidos para o evento

Caged Thunder, *Profissionais vs. Amadores.*

— Não vai dar certo. — Drake sacudiu a cabeça.

— Até parece que não. — Sloane não tinha deixado nada ao acaso. Incluindo o estrangulamento traseiro que ele usaria para matar Foster. Ele treinava com um homem famoso por ser o melhor em uma versão específica daquele estrangulamento, três ou quatro vezes por ano, no Brasil. Sloane se certificava de que também tivesse negócios a tratar lá, para cobrir seus rastros. — Foster vai pagar pelo que fez à Sara.

Os olhos de Drake ficaram sombrios.

— Isso não vai mudar nada, apenas você. Você ainda vai carregar a memória de encontrá-la, ainda vai sentir como tendo falhado com ela, mas só que depois você vai saber que também é um assassino. E isso muda um homem.

Sloane inclinou a cabeça para trás e olhou para o teto.

— Não sou você.

— Não. Você é melhor do que eu.

Sloane baixou o queixo. A surpresa o fez endireitar a postura bruscamente.

— De que diabos você está falando? — Drake tinha começado o programa *De Lutadores a Mentores* e, em última instância, tinha salvo dezenas de garotos por quem ninguém dava a mínima.

Os ombros magros de Drake se curvaram.

— Você parou. Eu não. Naquele dia, quando você pegou Foster correndo para fora da casa e disparou para cima dele, você parou.

Sloane não conseguia se conformar.

— Você me puxou de cima dele. — Se Sara não tivesse

convidado Drake para comer bolo com eles como uma surpresa para o irmão, nada teria impedido Sloane de matar Foster. Um lampejo de dor marcou seu peito com a lembrança de Sara ter feito aquilo por ele, mesmo que ele tivesse zombado e agido como se fosse algo idiota.

Drake apoiou os braços sobre o balcão.

— Evie me implorou para parar. Ainda posso ouvir seus gritos. Mas depois do que o pai fez para ela... — Drake desviou os olhos para longe, para seu passado. — Ele quebrou a mão dela e eu perdi a cabeça. Não me importava que ela estivesse gritando. Evie nunca me perdoou. — Arrependimento repuxou a pele ressecada e solta no rosto do homem mais velho.

Sloane esfregou o local onde o nariz tinha sido quebrado algumas vezes.

— Você não se arrepende por causa do homem que você matou, mas pela filha dele.

— Eu apaguei o pai dela. Sim, ele virava um imbecil brutal quando bebia, mas ainda era o pai da Evie. Eu perdi a mulher que amava, naquele dia. — Drake virou-se para ele. — Assim como você vai perder Kat se fizer isso.

Isso o atingiu como um chute no peito. Kat tinha passado por violência suficiente. Apenas o pensamento de ver suas lutas antigas a aborreciam. Sua confeiteira tinha um coração mole. Não apenas isso, ela tocava-lhe onde nenhuma outra mulher tinha tocado. A forma como ela foi até ele, vestindo apenas sua camisa, e o persuadiu a falar sobre Sara.

Jesus. Como um homem resistia a uma mulher que o enxergava da maneira como Kat enxergava? Ele fechou as mãos em um gesto involuntário — um instinto para continuar com Kat. Será que aquela coisa entre os dois se extinguiria? Quantas vezes sua mãe havia jurado encontrar o amor verdadeiro com o mais recente maldito príncipe encantado? Tão certa a ponto de até mesmo jogar os filhos de lado, só para ver todo o relacionamento desaparecer em semanas ou meses?

Ele tinha algumas semanas de sobra até a luta, o que lhe dava tempo para encontrar uma maneira de... o quê? Esconder isso dela?

Não minta para mim. Basta não mentir. Vou conseguir lidar com essa situação apenas se você me disser a verdade.

As palavras de Kat ecoaram em sua mente.

O assassinato de Sara o assombrava.

Sloane se livrou da ideia. Existia apenas uma escolha. Ele havia passado anos planejando e, agora, o plano estava em movimento. Não tinha como voltar atrás.

Foster tinha que morrer.

Quarta-feira à tarde, Kat enxugou o suor do rosto e do peito, depois bebeu o resto de sua garrafa de água às goladas. Recuperando o fôlego, não conseguia encontrar a energia para reclamar que Sherry Moreno não tivesse a decência de parecer tão exausta quanto ela. Olhando para o relógio na parede, Kat ficou surpresa que tivesse sido uma sessão de uma hora e meia.

— Tenho certeza de que vou te odiar de manhã quando eu sair da cama.

A outra mulher enfiou a toalha na bolsa e depois ergueu-se em toda sua estatura, cerca de dois centímetros a menos do que Kat.

— Você me odiou na segunda-feira?

Ela estremeceu, lembrando-se da sessão de treino no final da tarde de domingo. Sherry levava suas artes marciais a sério.

— Tramei seu assassinato. — Kat jogou a garrafa de água vazia no lixo. A sala particular de treino na academia de Sloane estava começando a parecer tão familiar quanto sua confeitaria. A diferença era que Kat não estava se escondendo ali como tinha feito um dia na cozinha da Sugar Dancer. Não, ali treinava para viver, não estava se escondendo. Suas dores eram lembranças bem-vindas de que ela estava ficando mais forte. — Mas eu estava com dor demais para realizar o plano.

Sherry ergueu as sobrancelhas.

— Acho que não. Você deu o seu melhor. — Mostrei ao John o hematoma na minha coxa, provocado pelo seu golpe de joelho. Ele ficou impressionado.

Kat torceu o nariz.

— Desculpe por isso.

— Não precisa. Subestimei você no domingo, mas não cometo o mesmo erro duas vezes. Pegando a bolsa, a loira sacudiu a cabeça. — Foi quando eu soube que você estava comprometida com a aprendizagem.

— Eu estou. — Depois de pegar a bolsa, ela seguiu Sherry para fora da sala. — Então, eu queria saber, quando esse lance entre Sloane e eu acabar, ele não vai mais poder trabalhar comigo. Posso contratar você?

Sherry bufou e virou-se no corredor. Música ecoava de alto-falantes escondidos, mas o corredor estava vazio.

— Você me pagaria.

— Claro. — Ela deveria estar pagando naquele momento, mas quando Kat mencionou o fato em seu primeiro treino no domingo, Sherry disse que Sloane já tinha cuidado daquilo. — Olha, não gosto da ideia de Sloane pagar você. Isso é meio nojento.

— É, não é? — Ela sorriu alegremente.

Kat encostou-se à parede.

— Quanto você cobra por hora? Eu pago e conto a Sloane. Ele não vai se importar. — Uma mentira deslavada. Iria estourar uma veia nele ou algo assim, mas ele teria que encontrar uma maneira de se conformar.

— Posso estar junto quando você contar? Eu te dou aula de graça, só para ver você enfrentando-o.

Kat levantou uma sobrancelha. Sherry tinha um olhar de típica garota americana; sem maquiagem, pele corada pelo esforço e em contraste com seus cabelos loiros na altura dos ombros. Provavelmente fazia todos os homens com um pulso querer protegê-la, sem nunca perceberem que ela poderia dar uma surra neles e rir durante o processo.

— Sloane não te assusta.

— Não. Porém, a maioria das pessoas se sente intimidada por ele. Mas o que torna você diferente é que você realmente não quer que ele pague.

Uma onda de tristeza caiu sobre o peito de Kat. Ela sabia exatamente o que Sherry queria dizer. Sloane fazia de sexo e relacionamentos um acordo de negócio. Aqueles que o conheciam provavelmente pensavam que ele fosse frio e insensível daquele jeito. Eles não entendiam. No fundo, ele não acreditava que uma mulher pudesse amá-lo no longo prazo. Então fazia um acordo para proteger a si mesmo, comprando conexões temporárias, sem significado. Doía-lhe pensar nele tendo que atravessar uma vida assim.

Kat retornou a atenção para Sherry.

— O que Sloane me deu o dinheiro não pode comprar. — Era um presente, um que ela poderia guardar para sempre, mesmo quando o que tinha entre eles acabasse. E acabaria. Ela era dona do interesse dele por enquanto. Muito provavelmente, pelas razões que Sherry apontava, ela era diferente dos outros casos temporários de Sloane. Mas a longo prazo? Ela não seria capaz de manter o interesse de Sloane Michaels em caráter permanente. No entanto, talvez ela pudesse ajudá-lo a se curar das feridas emocionais, porque Kat não acreditava que o que eles tinham fosse sem sentido. E então ele iria encontrar alguém...

Seu peito se apertou. Sim, era melhor não terminar aquele pensamento.

— O que ele te deu?

Como ela explicaria? A maneira como ele apoiava seus esforços para crescer e se tornar a mulher que ela aspirava ser? Realmente, só havia um caminho.

— A mim. Ele me deu a confiança para ser apenas eu mesma.

Sherry respirou fundo.

— Drake estava certo sobre você.

Kat não acompanhou aquela guinada repentina na conversa.

— Drake, o amigo de Sloane?

— Ele gosta de você. Disse que você é boa para Sloane. Que se preocupa com ele. Ele quer que eu te leve para jantar lá hoje à noite.

Mais guinadas. Estava ficando zonza.

— Jantar na casa de Sloane, com Drake? Mas Sloane não está lá. Acho que não é uma boa ideia.

— Drake também está morando lá. Ele pode convidar qualquer pessoa que quiser. Eu vou cozinhar, vai ser divertido.

Ela balançou a cabeça.

— Obrigada, e agradeça a Drake também, mas não posso fazer isso. — Eles tinham limites... mais ou menos. E Kat instigando-se na vida dos amigos dele estava fora de cogitação. Ela sabia disso. Uma coisa era contratar Sherry para ensiná-la autodefesa; isso eram negócios. Mas jantar com os amigos dele, na casa dele, sem que ele soubesse de antemão? Não. — Mas obrigada pelo convite. Agradeço de verdade. — Ela enviaria alguns *muffins* a Drake ou algo assim por ter lembrado dela.

Enquanto caminhavam para seus carros, Sherry disse:

— Você tem certeza que não posso mudar sua decisão?

Droga, ela queria ir. Realmente queria. Mesmo que ela e Kellen tivessem planejado fazer algo juntos naquela noite. Então agora era assim? Iria abandonar seus verdadeiros amigos? Gostava de Sherry e Drake, mas eles eram amigos de Sloane, não dela.

— Tenho certeza. Divirtam-se.

Kat não tinha chegado muito longe da academia quando o telefone tocou. Verificando na tela, ela ficou surpresa. Atendeu pelo *bluetooth*:

— Sloane. Oi. Estou no carro, você consegue me ouvir?

— Consigo. Sherry me ligou.

A adrenalina do treino baixou até uma pequena tensão.

— Agora? — Droga, aquela mulher era rápida. O que ela estava fazendo, passando um relatório sobre o progresso de Kat ou algo assim?

— Kat, se você quiser jantar com Drake e Sherry, vá. Se Sherry resolver fazer margaritas, então você dorme lá na minha cama.

Arrepios percorreram sua pele.

— Não posso dormir lá sem você. — Não era certo.

— Você não me disse que eu poderia dormir na sua casa depois que você saísse para o trabalho? — A voz dele ficou mais grave.

— Eu... — Kat tinha feito exatamente isso. — Você não ficou.

— Você se importaria se eu tivesse ficado?

Armadilha. Ela enxergava, mas não sabia como evitá-la.

— Não.

— Também não me importo. Quer jantar com Sherry e Drake?

Virando na rua onde ficava seu condomínio, Kat respirou fundo.

— Esta noite, Diego tem plantão na clínica. Kel e eu vamos encomendar comida e assistir a um filme.

— Leve Kellen com você.

Ele fazia tudo aquilo parecer muito simples. Kat contornou o prédio e estacionou na garagem.

— Por que você está insistindo nisso? Nem está aqui e... — Ela se lembrava de como Drake tinha ficado empolgado a respeito dos *muffins*. E a desolação nos olhos de Sloane ao observar o homem mais velho. — É por causa do Drake, né? — Certo, ela entendia. — Vou dar um jeito e vou. Do que Drake gosta? Qual é a sobremesa favorita dele? — Com tudo o que Sloane tinha feito por ela, Kat ficaria feliz em ir. Kellen entenderia. Ou quando ela voltasse, eles poderiam...

Uma batida na janela do lado do motorista a fez dar um pulo. Ela virou a cabeça, pensando que Kellen tivesse ouvido a garagem abrir e... *Ai, merda.*

— David.

— Aí? Agora? Onde você está?

As palavras velozes de Sloane a ajudaram a se acalmar.

— Na minha garagem, eu não fechei a porta.

— Fique no carro, com as portas trancadas. — Sloane ordenou.

— Katie, abra a porta. — David bateu novamente. — Estou com o pendrive.

Ela baixou a janela alguns centímetros.

— Que pendrive?

— O que você pediu aos seus pais. O que tem fotos suas no hospital. Para que você quer isso?

Kat tentou acompanhar. Tinha pedido as fotos ao pai, pois Ana queria uma ou duas para o vídeo, embora Kat não tivesse certeza se era uma boa ideia. Mas agora ela precisava para se livrar de David.

— Tudo bem. Pode me dar e depois vá embora.

Ele hesitou, franzindo a testa acima dos óculos.

— Por que agora? Você nunca pediu para olhar as imagens antes.

Verdade. Mas ela não ia discutir com ele sobre aquilo. Kat havia tentado fazê-lo falar a verdade sobre aquela noite, mas ele tinha se recusado. Cada vez que pensava a respeito, ficava mais irritada. Ela tivera necessidade de que ele preenchesse as lacunas em sua mente que lhe causavam uma ansiedade enorme.

— David, me dá o pendrive e vai embora.

— Você a ouviu — disse Kellen, saindo pela porta da garagem.

David passou o pendrive através da fresta de cinco centímetros da janela. Tristeza enchia seus olhos.

— Você não precisa de Kellen olhando feio para mim, vou embora em um minuto. Perguntei aos seus pais se eu poderia trazer isso aqui para você. Queria pedir desculpas. Quando vi você na confeitaria naquela manhã, eu estava estressado e cansado. Aqueles homens que nos atacaram nunca foram pegos, e parece que você está criando problemas. É melhor não tocar mais nesse assunto.

— Parece que eu estou criando problemas? — De saco cheio daquilo, Kat arrancou o cinto de segurança e escancarou a porta do carro.

David cambaleou para trás, atingindo a parede da garagem.

— Nossa, Katie. Que foi?

O colega de apartamento entrou na frente dela.

— Você a está deixando irritada, gênio. Kat não quer você aqui. Vá embora.

A camiseta de Kellen não fazia nada para esconder seus músculos fortes. Um sentimento quente de proteção surgiu em Kat. Kellen ainda estava se recuperando de um ferimento a faca. Hora de ela lutar sua própria batalha.

Kat deu a volta em Kellen para encarar David.

Os olhos verdes do ex-noivo se arregalaram, e o esquerdo teve um espasmo. Antes, aquele tique só aparecia quando ele trabalhava demais e ficava exausto. Quando tinha se tornado crônico?

David respirou fundo, os ossos em seus ombros aparentes sob a camisa.

— Katie, por favor, só tenha cuidado. Essas imagens no pendrive? — Ele apontou para o punho cerrado de Kat em torno dele. — Nunca mais quero te ver ferida assim de novo. — Ele fechou os olhos. — Você era tão jovem e bonita, tão doce, e eles te quebraram, te deixaram limitada.

Limitada. Era nisso que seus pais e David acreditavam. E por um longo tempo, Kat também acreditou.

— Eles quebraram meu braço, esmagaram minha perna

e me deixaram com uma concussão. Foi isso que eles fizeram com o meu corpo. — David abriu os olhos. — Mas eles não me deixaram limitada, David. Eles quebraram a casca que me mantinha enjaulada.

Ele tirou os óculos e esfregou os olhos.

— Fiquei preocupado por você ver essas fotos. Mas, agora, acho que você não deve olhar para elas. — Recolocando os óculos no rosto, ele continuou: — Veja pelo que passamos e deixe isso para lá. Esqueça. Foi um assalto aleatório, Eles levaram seu anel de noivado, e é hora de seguir em frente. Use um pouco de bom senso, a menos que queira acabar sendo atacada de novo.

Kellen se colocou na frente dela.

— Saia.

Kat colocou a mão no braço do amigo. Os músculos dele estavam estufados com fúria. Sabia que ele estava bem perto do limite, mas ela também estava.

— Você está me ameaçando?

David esfregou a nuca com uma das mãos.

— Não estou...

O rugido de um motor o interrompeu. A caminhonete derrapou até parar, e John Moreno pulou para fora.

— Kat, você está bem?

John vestia uma camiseta branca, calça jeans e uma expressão de "não brinque comigo" no rosto. Sua aparição súbita deixou Kat confusa.

— Estou, mas como você...? Ah. Sloane te ligou. — Provavelmente, no segundo em que entendeu que David estava na garagem de Kat. — Como você chegou aqui tão rápido?

— Eu estava no escritório da academia.

Aquilo fazia tanto sentido quanto qualquer coisa que vinha acontecendo com ela desde que tinha conhecido Sloane. A academia ficava perto de condomínio de Kat.

Ele manteve o olhar duro sobre David.

— Esse seria o Dr. Otário?

O apelido de Sloane para David estava se espalhando.

— Sim, Dr. David Burke. Ele está de saída.

David sacudiu a cabeça de um lado para o outro.

— Katie, quem é esse?

— Não é da sua conta. Vá para casa. — A garagem dela estava se enchendo de homens. Kat se perguntou quem apareceria depois se não tirasse o ex-noivo dali.

David estendeu a mão para ela.

— Tem certeza de que é uma boa ideia?

— Não. Não me toque. — Kat deu um pulo para trás. Seu joelho começou a falhar. Ela perdeu o equilíbrio e ergueu os braços.

Kellen a pegou pela cintura, reequilibrando-a.

O coração de Kat batia pesado contra as costelas. Ela piscou, tentando se livrar do pânico residual.

— Tente tocá-la de novo e você vai perder essa mão. Não vou falar duas vezes, Burke. Cai fora daqui e fica longe de Kat.

A voz fria de John arrancou Kat do pânico. Ele havia caminhado à sua frente, braços e pescoço estufados com uma clara ameaça.

David saiu da garagem, com os ombros curvados. Sua

camisa estava pendurada sobre o corpo, o que mostrava o peso que ele tinha perdido recentemente. Uma nostalgia retorceu-se no peito de Kat. Todos os seus sentimentos românticos por ele tinham morrido, mas ainda havia um traço de afeto presente. Ela odiava ver o cientista orgulhoso, que tinha se feito a si mesmo, por quem um dia tivera tanta admiração, reduzido a um homem com algum tipo de problema.

Mas a dor em sua perna lembrava-lhe de que, fosse qual fosse o problema, era ele quem o havia trazido sobre ela. Até mesmo aquilo Kat poderia ter perdoado, mas mentir a respeito mais tarde, quando ela precisava que lhe dissesse a verdade... aquilo tinha matado qualquer amor que tivesse por ele.

Kellen envolveu o braço por seus ombros.

— Você está bem, Kit Kat?

— Estou. — Ela arrastou o olhar, que estava fixo nas costas de David.

John tocou levemente seu ombro.

— Ei, Kat, você precisa ligar para o Sloane, pra ontem, antes que a SWAT apareça aqui.

— Vou pegar seu telefone. — Kellen foi até o carro e voltou, oferecendo-lhe o celular.

Pegando o aparelho distraidamente, ela considerou John.

— Obrigada. Agradeço por você ter largado tudo e ter corrido para cá. — Com a mão de John sobre ela, Kat teve uma boa visão da tatuagem de um escudo intrincado no antebraço dele.

Ele abriu um sorriso.

— Não precisa agradecer. Me sinto importante por resgatar donzelas em perigo. — Ele acenou com a cabeça em direção a Kellen. — Embora pareça que você já tinha um reforço. — Ele deu a volta em Kat e estendeu a mão. — Sou John Moreno.

— Kellen Reynolds.

— Você é o fisioterapeuta que o Sloane mencionou. Ele diz que você é especializado em lesões esportivas?

Kat encontrou o número de Sloane e ligou, mas sua atenção estava concentrada em John.

— Sloane te disse isso?

O homem grande confirmou com a cabeça e se virou para Kellen.

— Gostaria de falar com você sobre a sua experiência. Eu treino lutadores de MMA e estou procurando um fisioterapeuta com muita experiência para trabalhar comigo. É algo em que você estaria interessado?

— Muito. — As covinhas de Kellen apareceram em seu rosto.

— Tem tempo para uma cerveja esta noite? Estou cuidando das crianças, mas se você quiser dar uma passada em casa...

A voz de Sloane entrou na linha.

— Kat. Você está bem? John está aí?

— Estou bem. Sim, ele está aqui. Conversando com Kellen agora. Você falou para ele sobre a especialidade do Kellen?

— Falei. O que aconteceu? David te machucou?

— Não. Só estava me trazendo um pendrive. Ele estava mais calmo, não agindo com tanto nervosismo como da última vez. — Kat deu a Sloane a versão rápida do encontro. Ela olhou para os dois homens que conversavam.

— O que você disse a John sobre Kellen?

— Que, depois do trabalho que ele fez com você e com a sua perna, a gente precisava sondá-lo para a SLAM. Kellen me disse que era especializado em lesões esportivas. Tudo o que fiz foi dizer ao John a minha opinião, o resto é entre eles.

Assistir aos dois homens conversarem fez sua garganta doer de ternura por Sloane. Ela entrou no apartamento e se encostou na parede da sua pequena lavandaria.

— Você está dando a Kellen uma chance única na vida. Obrigada. — Ela sorriu para o silêncio de Sloane, adivinhando seus pensamentos. — Sei que você não fez isso por mim. Foi uma decisão de negócios. Isso é o que o torna tão incrível. Kellen ganhou isso através de seu trabalho comigo. — Afastando-se da parede, ela se dirigiu para a cozinha. — Agora o Kel vai ficar ocupado esta noite, então o que posso fazer por Drake? — Ela não tinha esquecido.

— Para me retribuir pela oportunidade de emprego do Kellen?

A voz muito suave de Sloane congelou-a onde estava, ao lado da ilha de granito.

— Ah, não. — Ela tentou compreender a ira dele. — Eu, é... Você me pediu para ir, então...

— Pedi nada.

Os pelos nos braços dela se eriçaram.

— Você inventou essa merda criativa sozinha. Eu só te pedi para ir lá ficar com a Sherry e com o Drake se você quisesse. Ah, e você sabe, se beber e se divertir, durma lá. Foi isso que eu te pedi para fazer.

Deixando cair a cabeça, ela olhou para o chão de sua cozinha. Tinha feito exatamente o que ele disse.

— Desculpe. Você está certo. Dei um salto enorme. — Ela

respirou fundo. — Mas estou feliz em saber que foi criativo.

— Muito. E para sua informação, se eu quiser que você faça alguma coisa, vou pedir sem hesitar.

— Ou mandar. Como fez sobre ligar para John ou Ethan. Você enviou John. — Para protegê-la. Kat tinha de admitir, não era completamente ruim que alguém cuidasse dela.

— Você teria ligado para ele se não estivesse no telefone comigo?

Kat debateu internamente se lhe diria o que ele queria ouvir, mas era uma tolice.

— Tudo aconteceu rápido demais, não sei. Nem sequer passou pela minha cabeça. — Ela largou o corpo na banqueta.

— Eu me preocupo com você, gatinha. — A voz dele ficou tensa. — Sua perna e seus ataques de pânico te tornam vulnerável demais.

O peito dela apertou. Está vendo? Direto. Ele não fazia jogos de palavras, não manipulava. Apenas falava de modo objetivo.

— Não vou viver numa bolha, mas vou ligar para John ou Ethan se David ou qualquer um sobre quem eu não tenha certeza aparecer, ok?

— Posso me conformar com isso. Além do mais, agora tenho reforços, porque Sherry vai estar na sua cola se você vacilar. E ela não é tão boa, como eu sou.

Kat fez um ruído de desdém com o nariz e riu ao mesmo tempo.

— Notícia bombástica, vocês dois são sádicos. — Kat tocou o pendrive que havia posto sobre o balcão. — David está perdendo peso, seu olho esquerdo está se contraindo. Ele está tendo oscilações de humor. Hoje estava calmo, mas na confeitaria, na semana passada, ele estava pilhado.

— Drogas?

Kat olhou fixo para o pendrive.

— Ou colapso nervoso. — Ela virou o pequeno bastão de plástico uma e outra vez. — Se ele tinha o hábito de drogas enquanto estávamos juntos, isso explicaria David mentir sobre o assalto para se proteger. — Pedras pesadas se acumulavam em seu estômago. Poderia ele ter feito uso de drogas sem que ela tivesse percebido? — Se ele devia dinheiro a traficantes, suponho que pudessem ter vindo atrás de mim para encorajá-lo a pagar.

— Mais importante, como é que vamos manter você segura? Estou a cinco segundos de perder o controle da minha necessidade de te deixar trancada. Fale rápido.

Ela deveria estar irritada, mas não estava.

— Como Marshall apontou, em boa medida, estou fora do radar. Não acho que esteja correndo o mesmo perigo que corria quando era noiva do David. Mas, já que Kel está pensando em ir na casa do John, eu vou para a sua casa e vou passar a noite.

Ligeira pausa, então ele perguntou:

— Mas?

— Vou para o trabalho de manhã e volto para minha casa depois. — Ela respirou. — Vou ter cuidado e vou ligar para seus amigos se eu precisar de ajuda, mas vou viver a minha vida. Não posso voltar para uma existência amedrontada.

— Saquei. Não gosto disso, mas entendo.

Calor levou embora a ansiedade gigantesca de seu estômago. Aquilo era o que fazia Sloane tão sexy, ele realmente entendia que ela queria ser forte.

— Obrigada por isso.

— Vamos falar sobre você dormir na minha cama esta noite. Vai estar nua? Pensando em mim? Melhor ainda... — sua voz ficou mais profunda — ...se tocar e pensar em mim? — Ele respirou fundo. — Vou fantasiar sobre isso esta noite.

O pulso de Kat acelerou. Calor floresceu no peito dela e se espalhou.

— Essa é a sua fantasia?

— Ah é. Uma delas. Chegar em casa depois de uma viagem, entrar no meu quarto e encontrar você na minha cama, nua e se masturbando. Eu faria você terminar, enquanto assistia. Você faria isso por mim?

O sangue vibrou na cabeça dela. A situação a excitava, a surpreendia.

— Faria. — Como seria ter os olhos dele sobre ela, assistindo? Mas ela sabia, ele sempre a fazia se sentir sexy e segura.

Pronta para se soltar.

Tudo o que você tem a fazer é pedir. Se pedir, eu assumo o controle e cuido de você. Mas só quando estiver pronta. As palavras de Sloane na limusine lançaram um bater de asas minúsculas em sua barriga. Tudo o que tinha de fazer era pedir.

— Sloane?

— Fala?

Excitação, nervosismo e medo se emaranharam e estremeceram dentro dela. Uma parte sua queria amarelar, mas uma porção maior estava cansada de viver com cautela, preocupada com quem ela deveria ser, em vez do que ela poderia ser. Sua boca estava tão seca, que ela foi até a geladeira e pegou uma água.

O telefone chiava com paciência em seu ouvido.

— Quero me libertar com você. — Depois de tomar um gole de água, ela pousou a garrafa. — Você vai me bater? Quero dizer, bater durante o sexo. Ela olhou para os veios escuros que percorriam a bancada de granito. Desejou que ele estivesse ali naquele momento para tocá-la, para mostrar que não tinha problema em querer aquilo.

Ele inspirou o ar de forma brusca.

— Fiquei esperando você me dizer que queria. Vou te mostrar o quanto vai ser excitante quando estiver nua e à minha mercê. Você vai se colocar nas minhas mãos e ficar submissa, vai me deixar cuidar de você. — Ele fez um barulho que viajou pela linha e se afundou no peito de Kat. — Vou cuidar de você. Só precisa se soltar. Confiar em mim — disse ele em voz baixa.

— Eu confio.

Capítulo 10

Assim que Sloane abriu a porta de casa na sexta-feira à noite, reconheceu os sons que vinham da TV de tela plana na sala de televisão. Sua última luta de campeonato.

Depois de largar a mala, ele foi até a geladeira e pegou uma cerveja gelada. Entornando um quarto da garrafa, ele olhou para a tela.

Era sua versão mais jovem e mais rude. Vestindo apenas bermuda, seus músculos fazendo ondas quando o árbitro ergueu sua mão direita no ar, Sloane "Vingança" Michaels venceu o terceiro e último título de pesos pesados.

Quando as câmeras deram zoom para um close, os olhos de Sloane queimavam com um fogo dourado de retaliação.

Uma sensação de nostalgia desgastada retorceu-se por ele. Numa época em que deveria ter abraçado o momento, comemorado, tudo em que estava pensando era que estava um passo mais perto de seu objetivo final.

Vingança.

A tela congelou.

Sloane voltou a atenção para Drake, sentado na poltrona reclinável, ao lado do sofá. Qual era o seu jogo? Mostrar à Sloane que ele tinha sido um lutador, não um assassino?

— Não comece.

— Às vezes o motivo não é você.

Drake estava com uma aparência péssima. Seus olhos estavam fundos, e suas escápulas se destacavam como um lembrete obsceno de que o câncer estava ganhando aquela luta. Sloane girou a cabeça, tentando aliviar o estresse em seu pescoço e a agonia que tomava conta de sua espinha, só de pensar em perder Drake. Ele caminhou até a mesa de centro, baixou o traseiro e apoiou os cotovelos nas coxas. Seus joelhos tocaram os de Drake.

— Fala.

Vulnerabilidade como ele nunca tinha visto antes, nadava nos olhos azuis de Drake.

— Tive alguns problemas de estômago.

Sloane já tinha segurado Drake enquanto ele vomitava as tripas algumas vezes. Tinha colocado seu traseiro magro para dentro do chuveiro mais algumas vezes. Ele sabia que acontecia.

— Onde diabos está sua enfermeira?

Um sorriso brincou nos lábios dele.

— Sua namorada e Sherry não gostaram da forma como ela estava fazendo o trabalho, mandaram-se de volta à agência que a enviou. Elas têm se revezado junto com Kellen, para me ajudar.

Sloane quase derrubou a cerveja.

— Minha namorada?

Uma expressão suave espantou as sombras.

— Kat. Ela está alterando algumas das receitas de *muffin*, tentando encontrar algo que eu possa segurar no estômago. O amigo dela, Kellen, tem feito milk-shakes e massagens para aliviar um pouco a dor.

Sloane abriu a boca e fechou em seguida. Cristo, tudo aquilo tinha acontecido enquanto ele estava fora?

— Sem palavras?

Ele tentou se recuperar.

— Por que elas despediram a enfermeira?

Os olhos de Drake olharam para a esquerda.

— Fiquei enjoado depois do jantar na noite de quarta e não consegui chegar ao banheiro. A enfermeira disse que cuidar disso não era trabalho dela. Achei que Sherry tivesse gênio difícil... Porra, Sloane, a Kat fica feroz quando está com raiva.

Os pensamentos dele ferveram violentamente. Seu peito ardia com a realidade de que Drake estava ficando mais doente e com a indignação de que a enfermeira o tivesse tratado daquela forma. Adicionado a isso estava a frustração que ele queria que Kat fosse para lá para que relaxassem e se divertissem, e não para acabar tendo que cuidar de Drake. Sherry lhe havia dito que ela e Kat estavam se dando bem, e que achava que poderiam se tornar amigas.

Mas a pior parte? Sloane deveria ter estado ali. Ethan era forte o suficiente para erguer Drake, e o garoto dava banho no homem sem vacilar. Mas deveria ter sido Sloane. Colocando a mão na perna ossuda de Drake, ele disse:

— Não vou mais viajar por enquanto. Vou ficar aqui. — Não importava a droga que fosse assistir ao homem, que tinha sido como um pai para ele, morrer aos poucos.

Drake desligou a TV e encarou Sloane nos olhos.

— O que aconteceu no Brasil? Você treinou com Marcus?

Sloane terminou a cerveja.

— Treinei. — Marcus era um brasileiro. Um dos melhores lutadores de jiu-jitsu do mundo.

— Seu estrangulamento traseiro?

— Pronto pra matar leão. — Sloane era bom daquele jeito, poderia matar um leão com o agarramento. Ele sabia disso, seus treinadores sabiam, mas o público não. Sloane tinha trabalhado cuidadosamente em sua imagem, parecendo mais estar pronto para a câmera, do que para a gaiola. Segurando a garrafa de cerveja vazia entre as coxas, ele disse: — Fui um pouquinho longe demais com um parceiro de treino.

— Você o colocou pra dormir?

— Tão rápido, que nem deu tempo dele reagir. — Ele pagava um absurdo de dinheiro para treinar com um parceiro competente o bastante para reconhecer quando estavam em perigo. — Era para ele ser treinado. Ele deveria ter dado os três toques. — A memória do adversário desfalecendo em seus braços ainda corroía suas entranhas. Aquela era uma das razões pelas quais ele tinha treinado para reagir tão rápido aos toques de segurança. Segundos eram importantes num estrangulamento.

Percebendo que estava olhando para o chão, Sloane olhou para cima e foi atingido pela expressão de Drake. Uma expressão de quem entendia. Sloane conseguia ler o homem como um livro.

— Não é a mesma coisa. — Matar o parceiro de treino teria sido um acidente que teria deixado Sloane com náusea.

Drake ergueu as sobrancelhas.

— E o que é?

Colocando a garrafa de cerveja de lado, ele forçou gelo em suas veias.

— Lee Foster merece morrer.

— Merece. O que ele fez para Sara... Eu mesmo deveria tê-lo matado, mas não matei. — Drake inclinou a cabeça para trás, fechando os olhos. — Tentei fazer a coisa certa naquele dia. Já era ruim o suficiente que Sara tivesse sido morta. Eu não queria que a sua vida também fosse destruída.

— Você queria matar Foster? — Em todos aqueles anos, Drake nunca tinha dito isso.

Drake abriu os olhos, o velho fogo de aço queimava nas profundezas deles.

— No local. Mas eu já tinha seguido aquele caminho, filho, e foi um caminho infernal. Em vez disso, tentei te oferecer um outro. — Os dedos dele apertaram o controle remoto. — Mas se eu não pudesse impedir que você seguisse com seu plano, então eu mataria Foster primeiro, antes que você pudesse.

Isso atingiu Sloane como um trem. Ele se pôs em pé bruscamente e baixou os olhos para o homem, tentando processar as palavras.

— Você não pode estar falando sério.

— Mais sério impossível.

Não, aquilo era loucura.

— Sara era minha irmã. Eu não estava lá quando deveria ter estado, eu devo isso a ela. — Ele havia segurado o corpo dela junto ao seu, jurando que iria conseguir vingança. Ele não podia quebrar a promessa feita. Se quebrasse, seria igual à mãe deles. Pior.

Drake assentiu lentamente.

— Eu sei que é nisso que você acredita.

Sloane olhou para fora das janelas panorâmicas, em direção à noite sombria e escura. Se pudesse ver sua própria alma, era assim que seria: escura e vazia.

Já era o bastante.

— Vou tomar banho, depois vou arranjar algo para você comer. — Ele foi em direção as escadas.

— Quer saber por que eu estava assistindo à sua luta quando você chegou?

Sloane fez uma pausa.

— Por quê?

— Você é como um filho para mim. Nunca deixaria você matar Foster. Eu entraria naquela gaiola e faria isso por você. Sem pensar. Mas agora não sei nem se eu ainda vou estar respirando quando você enfrentar Foster e fizer sua escolha.

A realidade brutal agarrou Sloane pela garganta. O lutador, que um dia havia sido enorme e vencedor estava perdendo a maior batalha de sua vida. O homem não merecia sofrer uma doença atroz que levava tudo o que ele tinha: seus sonhos, sua esperança, sua dignidade — havia tirado tudo dele, até o fôlego. Drake tinha cometido um erro, sim, mas décadas haviam se passado desde então, décadas em que ele havia cuidado de crianças de quem ninguém cuidava. Um sofrimento feio e uma raiva impotente retorceram as entranhas de Sloane.

— Assisti às suas lutas antigas, procurando pelo o homem que aprendi a amar como um filho, o homem a quem vou faltar quando ele mais precisar de mim.

Sloane não tinha palavras. Nada. Só uma dor absurda. Nunca soube que Drake se sentia daquela forma.

Um filho.

Ele?

Drake pegou o controle remoto e ligou a TV. O rugido da

multidão surgiu nos alto-falantes de som surround quando Sloane foi declarado tricampeão.

Então, por que Sloane não sentia nada parecido com aquilo?

Depois do banho, Sloane estava caminhando descalço através da sala, quando ouviu a porta da frente se abrir. Ele girou para a esquerda e parou.

— Kat.

Ela entrou, carregada com duas sacolas de supermercado e parou no lugar.

— Sloane, ah. Desculpe. — Um rubor escureceu sua pele delicada, ao redor das maçãs do rosto. — Pensei que você não fosse chegar em casa até mais tarde.

Ele pegou as sacolas da mão dela.

— O que tem aqui? — Olhou uma sacola e viu dois frangos de rotisserie, embalagens de delicatessen e uma garrafa de cerveja de gengibre. — Você comprou tudo isso?

— Pensei em ver se Drake conseguia manter no estômago um pouco de arroz com carne branca de frango. — Ela estava tão tensa, que seus lábios estavam quase brancos.

— Que foi? Sua perna está doendo?

— Não mais do que o de costume. Eu só... Deus, entrei direto na sua casa sozinha. Eu juro que eu pensei que você não voltaria até por volta de meia-noite, e não queria que Drake se levantasse se ele estivesse confortável. Sherry, com a ajuda de Diego, contratou enfermeiras novas que vão começar amanhã. Eu só ia ficar sentada junto com Drake, já que Ethan ficaria ocupado com você. Mas você está aqui para que eu possa ir embora. É... como foi sua viagem?

Kat estava tagarelando, mas ele não conseguia tirar os olhos dela. Seu cabelo escorria ao redor dos ombros, aquelas mechas rosadas delicadas destacando-se contra o castanho, e seu rosto estava limpo. Cheirava a sabonete e aquele perfume gostoso que Kat tinha, sua confeiteira. Droga, apenas o som da voz dela acalmava suas entranhas devastadas. Sloane colocou as sacolas sobre a mesa de canto do hall de entrada e, em seguida, puxou Kat em seu abraço.

Ela se encaixava. Sua maciez se afundava nele. Cristo, tinha sentido saudades. Puxando a cabeça dela para trás, ele se perdeu em seus olhos.

— Você entrando na minha casa? A melhor coisa que aconteceu comigo durante a semana toda. Não vá embora. — Precisava dela. Precisava daquele momento.

— Vou ficar. — A voz suavizou-se e ela se tornou a gatinha doce e sexy que ele estava começando a conhecer tão bem.

Incapaz de resistir, ele a levantou para sua boca, com fome de prová-la, de preencher seu desespero amargo com Kat.

Ela cruzou os braços ao redor dele, enterrando os dedos em seu cabelo úmido, ao puxar a boca mais para perto. Em segundos, o beijo aqueceu e inflamou. Sloane não queria nada mais do que levá-la até seu quarto e se desligar do mundo.

Mas ele não podia. Ainda não. Interrompendo o beijo, ele sorriu para ela.

— Vamos arrumar este jantar. — Ele pegou as sacolas e seguiu Kat para a cozinha. Ela estava vestida num jeans agarrado na bunda.

O que o fez se lembrar da conversa de alguns dias antes. Ele lutou contra um gemido. Kat havia lhe pedido para bater nela.

Jesus, não pense nisso. Ou ele ia ficar com uma ereção enorme. Porra, como ele poderia não pensar naquilo? Kat confiava nele, e sua confiança não tinha sido fácil.

Depois de colocar as sacolas no balcão, ele lançou um olhar para Kat, sentada no braço da poltrona de Drake. Ela colocou a mão sobre o braço do homem mais velho.

— Que tal tomar picolés de cereja hoje?

Os olhos dele se iluminaram.

— Você comprou?

— Comprei. Se provar algumas garfadas de um pouco de arroz com frango, eles são todos seus.

Drake se inclinou ligeiramente para fazer uma careta para Sloane.

— Ouviu? Os picolés são meus.

— Quantos anos você tem, cinco? — Sloane guardou as delícias prometidas no freezer.

— Sou o homem que pode chutar o seu traseiro se você tocar nos meus picolés.

— Vem pra cima, Vaughn. — Caramba, que tanto Kat tinha comprado? Bolachas salgadas, bananas, macarrão instantâneo que só precisava de água quente, todos os tipos de coisas.

— Eu iria, mas não quero fazer você passar vergonha, te fazer chorar na frente da sua namorada.

Kat balançou a cabeça.

— Continue dizendo que eu sou a namorada dele e você vai fazer o Sloane chorar. — Ela entrou na cozinha e pegou ainda mais um item da sacola de supermercado. — Algum problema com pratos de papel?

Ele franziu a testa para o pacote de pratos na mão dela.

— Você comprou toda a maldita loja.

Kat parou no meio do caminho.

— Por que você ficou mal-humorado de repente? O comentário sobre ser sua namorada foi uma brincadeira.

Sim, é *isso. Ela fez algo legal, algo tão típico dela, e você está achando ruim.* Sloane percorreu a distância entre eles, cobrindo a cabeça com as mãos.

— Desculpe, o que eu quis dizer foi obrigado, gatinha. — Ele a beijou. — Vá se sentar. Vou colocar a comida na mesa de centro. Quer vinho? Refri? Uma cerveja?

— Água. Vou pegar...

— Vá se sentar e descanse essa perna. Deixa comigo. — Ela havia trabalhado o dia todo, a perna devia estar doendo.

— Venha, Kat — Drake chamou. — Me conte como foi sua gravação hoje.

Acomodando-se no sofá, Kat se virou para ficar de frente para o homem mais velho.

— Terminamos a filmagem. Só precisa gravar a narração, e eu tenho que escolher algumas imagens.

Sloane organizou frango, arroz, purê de batatas, salada de repolho, frutas e pães.

— As imagens do pendrive que o Otário trouxe para você? — Ele entregou a ela uma garrafa de água.

Kat apertou os lábios.

— É.

Sloane afundou ao lado dela com seu prato de comida.

— Você já deu uma olhada?

Espetando um pedaço de melão com o garfo, ela negou com a cabeça.

— Esqueça as imagens. — Sloane cobriu a mão dela. — Você sabia que John ofereceu o emprego ao Kellen?

Ela levantou a cabeça, com os olhos brilhando.

— Ele está tão animado, tão orgulhoso. E Diego está radiante. E, ai, meu Deus, os pais dele! Levaram Kellen e Diego para jantar esta noite para comemorar.

Será que tinham convidado Kat e ela havia sentido que tinha de ir ficar com Drake? Ou a teriam excluído quando ela e Kellen eram tão próximos? Ele quase perguntou, mas mudou de ideia. Kat estava feliz por Kellen. O peito de Sloane inchou de alegria sabendo que ele tinha uma pequena parte naquilo. Não tinha ajudado por essa razão, mas fazê-la feliz era um bônus enorme.

Kat tirou os sapatos e mergulhou em sua comida. Entre bocados, ela perguntou:

— Como foi a viagem? Na verdade, você nunca disse quando falamos ao telefone.

— Bem. Estou trabalhando na papelada para trazer um lutador brasileiro para os EUA. Estamos pensando em expandir as academias SLAM para a América do Sul. — Com mais fome do que tinha pensado, ele pegou mais frango.

— Abrir um negócio em outro país, isso é complicado.

— É o que dizem os advogados e os contadores. Só a burocracia já nem os deixa dormir à noite.

Uma hora depois, Sloane ficou surpreso ao ver que já passava das nove. Estava com as pernas de Kat sobre o colo, massageando as duas, mas se concentrando na direita. Ela chegava a gemer quando ele trabalhava naqueles músculos tensos. Seu pau deu um espasmo forte em resposta ao som. Era parecido demais com os ruídos que ela fazia na cama bem antes de se desfazer por ele. Forçando o olhar para o programa idiota de dança na TV, Sloane disse:

— A única coisa boa sobre este programa são as roupas das mulheres.

Kat lançou um sorriso.

— Você não sabe perder. Foi voto vencido, aceite.

— Você subornou Drake com picolés de cereja para conseguir o voto dele. Isso é trapaça. — Sloane olhou para a cadeira. — Ele está dormindo.

— Isso é bom. — Kat colocou a mão sobre a de Sloane, onde estava apoiada em sua perna. — Ele comeu um pouco de arroz e frango. E metade de um picolé. Parece que está ficando no estômago.

Ela havia persuadido, provocado e chantageado Drake a comer pequenos bocados, fazia mais ou menos uma hora. Observar a cena tinha feito o peito de Sloane doer com um calor agridoce. Sua namorada, como Drake a tinha chamado, tinha uma bondade respaldada por aço, que lhe tirava o fôlego.

— Você já fez tanto por ele. Eu nunca teria pedido isso de você.

— Gosto dele. Não foi um transtorno, ele é um homem interessante. — Fúria coloriu o rosto dela. — Além disso, a enfermeira que você contratou era uma megera. Tentou fazê-lo limpar quando ele vomitou. Acusou-o de ficar muito animado com duas meninas bonitas ao redor e não dar ouvidos a ela. Fez parecer como se ele fosse algum tipo de babaca degenerado. — A voz de Kat era um sussurro, mas suas pernas ficaram tensas com raiva evidente.

— Eu não a contratei. Foi a agência que Sherry contratou que a mandou. Mas vou me certificar de que ela nunca mais trabalhe como enfermeira particular. — A primeira coisa que faria no dia seguinte.

— Acho bom.

Surpreso, ele se inclinou um pouco para trás, estudando o rosto dela.

— Humm. Pensei que você fosse se opor a destruir a carreira dela.

— Ela merece. Drake estava se divertindo um pouco. Se distraindo. Por alguns minutos, ele foi capaz de esquecer que estava doente, esquecer a dor que é sua companheira constante, e ela teve a coragem de se zangar? Ela precisa de uma nova profissão, de preferência em um cubículo empurrando papel durante o dia inteiro.

Sua empatia não era tão surpreendente, dado o que ela havia sofrido.

— Foi assim com você quando você se feriu?

— Não. — Ela negou com a cabeça. — Eu sabia que ia me recuperar, o que é muito diferente. E ninguém foi ruim pra mim. Não assim.

— O que o Otário fez com você foi pior, Kat. — Sloane olhou para Drake amontoado sobre a cadeira, com a boca aberta, roncando suavemente. Ele levantou Kat e a puxou para seu colo. — Ele mentiu quando você estava mais vulnerável. — Ele havia feito pesquisa sobre a lesão de Kat. Por pelo menos seis semanas, ela ficou incapacitada de tocar o pé no chão por receio de quebrar o osso. Havia ficado dependente dos outros para tudo.

Ela colocou a mão no rosto de Sloane.

— Mas vivi para terminar com ele. Eu encontrei o que eu amo. — O coração de Sloane parou de bater. Até seu sangue gelou. — A Sugar Dancer é tudo para mim. E vou trabalhar nela para tornar algo maior. Melhor.

A confeitaria. Ela amava a confeitaria, não ele. Qual diabos era o problema de Sloane?

Jet lag. Era só isso.

Então, por que ele não estava mais aliviado? Droga, ele deve estar *muito* afetado pelo *jet lag*.

— É por isso que eu vou olhar as imagens em breve e escolher uma. Se eu vou fazer esse filme, vou fazer honestamente. O ataque mudou o curso da minha vida, e a Sugar Dancer, juntamente com a minha ambição de crescimento, é o resultado.

Por um segundo, ele se perguntou como seria ter Kat amando-o daquela forma.

Não ia rolar. Especialmente depois que ela descobrisse seu objetivo.

Saindo dos devaneios, ele arrumou Kat de novo no sofá.

— Vou pôr Drake na cama.

Kat começou a se levantar.

— É melhor eu ir embora.

Sloane se pôs em pé e a prendeu nos braços.

— Não, não é. Temos alguns negócios inacabados.

Kat franziu a testa, e logo a compreensão se fez. Suas bochechas se tingiram de cor.

— Esta noite? Aqui?

Ele enfiou a mão debaixo da blusa dela e abriu os dedos sobre suas costas. Inclinando-se perto dela, inalando o cheiro de melão ainda preso à boca dela, ele disse a verdade nua e crua:

— Só preciso de você nua em meus braços. Quanto ao resto? São suas necessidades. Você decide. — Ele roçou a boca sobre a dela e a soltou para ajudar Drake até a cama.

Capítulo 11

— Pare.

Kat fechou a geladeira e se virou.

Sloane foi até ela, cobrindo, rapidamente, a distância que os separava. Seus pés descalços eram silenciosos. O homem tinha de uns 100 quilos e, no entanto, caminhava com graça sensual. Mesmo de calça de moletom e uma camiseta, ele ficava incrível.

— Parar o quê?

— De limpar. — Ele pegou a mão dela e a puxou para uma banqueta da ilha. — Sente-se. Você não é uma empregada. — Ele foi até a geladeira, pegou uma garrafa de vinho branco, serviu numa taça e a colocou na frente dela. — Toque nesse vinho e você vai passar a noite comigo.

Ela sorriu.

— Essa é a sua maneira de perguntar?

— Não é negociável. São quase dez da noite. Eu já me preocupo com você dirigindo sozinha a caminho de casa quando está sóbria. Se beber, você vai estar concordando em ficar. Mas tenho algumas outras opções para você.

O coração dela acelerou.

— Opções? — O vinho de repente pareceu uma excelente ideia. Kat tomou um gole.

Os olhos dele se moveram sobre o rosto dela.

— Primeira opção, vamos para a banheira de hidromassagem. Tome um pouco de vinho, relaxe durante o tempo em que eu conseguir evitar enterrar meu pau em você. Isso vai ser bom para a sua perna.

Arrepios percorreram a pele de Kat.

— Não trouxe roupa de banho.

Ele colocou os utensílios, que tinham usado, na lava-louças.

— Perfeito, a gente não vai usar. Drake está dormindo. Estamos sozinhos.

Nua? Ela tomou outro gole de vinho.

— Quais são as minhas outras opções?

— Pular a banheira de hidromassagem e ir direto para o sexo.

— Ah. — Qualquer sexo com Sloane era um bom sexo. Sexo intenso. Fora de série... mas parte dela queria se libertar e ultrapassar seus limites.

Ao fim da limpeza, Sloane colocou as mãos sobre a ilha, olhando para Kat por cima do granito.

— Ainda existe outra opção.

A boca dela ficou seca.

— Qual?

— Vamos para o meu quarto, e você vai seguir as minhas instruções que incluem você nua sobre minhas coxas, e sua bunda à minha mercê. — Os traços cor de âmbar nos olhos dele se derreteram. — Você está usando calcinha fio-dental?

Calor lançou faíscas na pélvis de Kat.

— Estou.

O sorriso dele espalhava malícia pura.

— Você pode ficar de fio-dental.

Kat não conseguia desviar os olhos.

— Qual você escolhe?

Os ombros e o peito de Sloane eram enormes, cobrindo quase metade da enorme ilha central. Ela sabia o quanto ele era forte, mas tinha sido gentil naquela noite, ajudando Drake até a cama, e sempre foi cuidadoso com ela. Mesmo ao entrar em seu corpo, com a cabeça jogada para trás, veias saltadas enquanto ia ficando tenso, ele a mantinha segura como quando tinham transado encostados na porta do quarto dela.

Era uma decisão fácil.

— A terceira.

Ela nem sequer terminou a frase antes que Sloane desse a volta na ilha. Ele afastou a taça meio-bebida, pegou Kat nos braços e caminhou até as escadas como se ela não fosse mais pesada do que os sacos de mantimentos que ele havia carregado anteriormente. Antes que ela recuperasse o fôlego, eles estavam na suíte principal, e ele fechou a porta com um chute.

Depois de colocar Kat em pé, ele pôs o celular na mesa de cabeceira e tirou a camiseta.

Os músculos vigorosos que se moviam graciosamente nas costas dele a deixaram paralisada. Sloane virou-se de frente, vestindo apenas calças de moletom e exibindo uma crescente ereção. Ele se sentou na lateral da cama, com os olhos intensos.

— Tira a roupa e fique só de calcinha pra mim.

Bolhas de excitação se agitavam na barriga dela. Kat deveria estar com nojo de si mesma. Perplexa. Mas queria aquilo, queria experimentar o máximo que pudesse com Sloane. Aquele homem era uma oportunidade única na vida para ela. Porém Kat se conteve, de repente não tão certa de sua decisão. Já haviam lhe dito muitas vezes que ela estava fazendo escolhas ruins. Sua empolgação crescente se transformou em nós de incerteza.

— Isso é pervertido?

Sloane baixou o queixo e a fixou com os olhos.

— Não existe uma só coisa pervertida a seu respeito. Se você não quiser fazer isso, se realmente não quiser, não faça. Não vai importar para mim, tudo o que eu quero é você. Mas se deixar alguém ou qualquer coisa fora deste quarto tomar a decisão por você, isso é pervertido.

O nó de dúvida no estômago dela aliviou.

Os olhos dele suavizaram-se.

— Mas confiar em mim para não te machucar? Isso é corajoso. E isso é enfrentar um terror profundo com o qual você teve de viver por seis anos. Você depositou sua confiança em um lugar errado antes e saiu sofrendo. Isso, linda, só diz respeito ao que você quer. Estou olhando para o que eu quero.

Ela nunca tivera nada como aquilo: um homem que enxergava sua alma e a queria de qualquer jeito. Percebendo que sua confiança em Sloane era tão real e vívida como suas cicatrizes, ela agarrou a blusa e tirou. Depois se livrou do sutiã e saiu da calça jeans. Ficou nua, exceto pela calcinha fio-dental preta.

— Venha aqui. — Ele estendeu a mão grande, com dedos longos e ossos grossos. A mão que ele iria usar nela. Faixas de luxúria desenrolaram e vibraram em uma dança com os medos de Kat. Ela deu um passo, depois outro, até que os dedos dele se fecharam em torno dos dela.

A avaliação franca de Sloane queimou por seu corpo.

— Tão linda. — Segurando firme na cintura dela com a palma das mãos, ele a segurou no lugar enquanto a observava com atenção.

— Você hesitou quando eu te pedi para tirar?

— É... — *Vou cuidar de você. Tudo que você tem a fazer é se soltar. Confiar em mim.* A memória de suas palavras no telefone foram uma reafirmação. Ela poderia abrir mão do controle e fazer aquilo. Ela queria fazer aquilo. Era um jogo baseado na confiança. — Hesitei.

— Cinco palmadas por isso. E, estava se chamando de pervertida? — Ele esfregou os polegares na cintura dela. — É, isso vai somar mais cinco tapas na sua bunda.

As faixas de luxúria deram uma fisgada em sua barriga. A expressão severa dele combinava com a seriedade com que a segurava no lugar. O movimento dos músculos ondulando sob sua pele lhe diziam que a fuga era impossível. Sua enorme força e vontade venceria a dela. Kat teria de se submeter, e isso a excitava absurdamente.

— Parece um pouco duro. Eu não disse que era pervertida, só perguntei se a situação era pervertida.

— Você acabou de adicionar mais uma palmada. Quer continuar discutindo?

Ela fechou a boca com força.

— Boa menina. Depois dos primeiros dez tapas, vou parar e fazer uma pergunta simples que vai determinar a força do tapa número onze.

Ele a puxou mais para perto, até Kat tocar os dedos dos pés com os dele.

— Diga a resposta errada e, enquanto eu ainda tiver você inclinada no colo, eu vou te pedir para abrir mais as coxas. Você vai ficar inchada, molhada, com dor, precisando gozar. Sua bunda vai queimar. E você vai saber o que acontece em seguida. Tensa. Esperando, querendo saber se vai aguentar.

Kat agarrava-se a cada palavra.

— O quê?

— Bem ali, na carne doce e macia entre suas coxas? Eu vou bater em você ali.

O corpo dela ficou tenso, e ela apertou as coxas. Choque e desejo colidiram com tanta força, que Kat estremeceu.

— Isso é... — As pessoas faziam aquilo? Ela aguentaria?

— Seu pulso está vibrando na garganta. Seus mamilos viraram dois botões duros e sexy. — Ele roçou a boca sobre o seio, criando um rastro úmido. Sem qualquer aviso, ele agarrou o mamilo e roçou os dentes sobre a ponta sensível.

O suspiro de Kat se tornou um gemido quando ele o chupou suavemente, passando a língua por onde estava ardendo. Sloane mudou para o outro lado, acendendo-lhe os nervos.

Quando levantou a cabeça, seus olhos estavam pesados e com pupilas dilatadas.

— Você está molhada? Sua boceta está doendo, gatinha?

Agora não tinha como mentir. Ela já tinha chegado às onze palmadas.

— Estou.

— Mostre-me. — Pegando-a pela mão, ele a puxou. — Deite no meu colo. Ele se virou um pouco e a ajudou. Ele colocou travesseiros sob o peito e sob o rosto dela. Pegando a mão de Kat, ele a pressionou na pele quente de sua lombar, logo acima da calça de moletom. — Espere, não se entregue. Vou sentir se você der os três toques. — Ele passou a mão em seus cabelos e por suas costas em carícias longas e sensuais, com os dedos deslizando sobre sua bunda e depois subindo de novo.

— Entre nós não existe problema algum, inclusive os três toques.

Sentindo-se segura e bem-cuidada, ela relaxou.

— Boa menina, você está pronta para levar seu castigo. Afaste as coxas.

Ela abriu as pernas, e o ar frio entrou num sopro.

— Deus. — Sloane rosnou baixo. — Que gostosa. Adorei sua bunda neste fio dental. Ele apoiou a mão sobre a bunda dela, com o polegar traçando o material acomodado entre as duas nádegas e mais abaixo, até que roçasse a seda molhada que se agarrava à Kat. — Isso. — Com a mão por baixo da tira de tecido, Sloane percorreu a fenda do sexo, criando um atrito delicioso. — Você quer que eu bata em você.

Era um jogo, um jogo sexual. Kat poderia fazer aquilo. Deitada ali, o travesseiro macio contrastando com as pernas duras dele, enquanto as mãos percorriam e exploravam, ela se entregou ao toque. Ela pressionou-se contra a mão que acariciava entre suas coxas.

A mão dele a deixou. Sumiu.

Em seguida, a mão golpeou, criando um ardor que irradiou pelas nádegas. Assustada, ela enterrou os dedos no travesseiro. Droga, talvez...

— Essa foi a primeira. A partir de agora você vai contar uma a uma. — Ele bateu do outro lado. — Quantas?

Ela respirou fundo.

— Duas.

Um tapa mais leve na bunda. Primeiro, um ardor, em seguida, um calor de formigamento que a mantinha em alerta. Ela prendeu a respiração, esperando a próxima palmada.

Em vez disso, ele passou os dedos ao longo do vinco entre as coxas dela e das nádegas, para frente e para trás, provocando calafrios escaldantes que a faziam ofegar. Ela estava ficando mais úmida, mais quente, ele conseguia perceber? O que ele pensava? Uma incerteza chegou sorrateira, enrijecendo os músculos de Kat.

Os dedos dele mergulharam em sua abertura, pegando a faixa de tecido da calcinha. Um movimento forte puxou o material contra suas dobras sensíveis.

— Não ouvi você contar.

O choque da pressão a fez ofegar.

— Três.

A mão dele desceu sobre sua bunda, com mais força.

— Quatro.

— Não pense, não fique tensa. Você está à minha mercê e vai ter o seu castigo. Está claro?

Com a mão dele pressionada à sua lombar, Kat tinha uma linha direta para escapar.

— Está.

— Você merece apanhar. Diga. Agora.

Os mamilos dela cutucaram o travesseiro em resposta ao pedido.

— Eu mereço apanhar. — Dizer algo ruim daquele jeito, algo que deveria estar errado, enchia Kat de uma sensação libertadora.

— Você merece tudo o que eu te dou. — A voz de Sloane era dura, e ele pontuou as palavras com tapas na pele dela. Duros, suaves, na parte de cima de sua coxa, depois numa nádega, movendo, mudando. Uma e outra vez. Fazendo-a parar a contagem.

— Oito! — Cada pensamento que Kat tinha desaparecia quando o ardor tomava conta. Ela só podia focar nisso e na mão de Sloane segurando-a. Ancorando-a.

— Boa menina. — Sloane acariciou-lhe o traseiro. — Eu amo sua bunda.

Mais duas palmadas a levaram ao limite. Cada toque da mão dele disparou uma necessidade que descia diretamente para entre suas pernas. A bunda queimava, o clitóris pulsava, e ela se contorcia, tentando esfregar os mamilos no travesseiro. Sua pele ficou tão sensível que até mesmo o ar a atormentava.

Ele parou. Deixou-a daquele jeito, carente e dependente dele. Seu corpo estava tenso, lutava pelo alívio do prazer.

— Por favor, Sloane, por favor. — Ela ouviu as palavras, ouviu-se implorar. Seus olhos ardiam com desespero. Era demais.

Sloane agarrou a calcinha e puxou.

— Não se mova. — Passou a mão na parte interna da coxa dela e foi subindo. Arrepios quentes percorreram sua pele. Os dedos dele a acariciavam, deslizando ao longo de seu sexo, abrindo-a, estimulando o clitóris. — Tão molhada e inchada. — A voz dele era tão grave, parecia doer. — Agora, quanto à sua pergunta.

Kat se contorcia, tentando pressionar contra o toque dos dedos dele. Precisando de mais.

Ele gentilmente deu um tapa em sua coxa.

— Não se mova, a menos que eu peça.

Um som se derramou da garganta dela, tão desesperado, que ela deveria se sentir constrangida. Mas aquele ardor do tapa a torturava. Tão perto, mas não o suficiente. Ela queria ser boa e má ao mesmo tempo.

— Por favor, Sloane.

— Implorar não vai dar o que você quer. Pronta para a pergunta, Kat? Você tem uma chance de respondê-la corretamente. Se não fizer isso, você vai abrir mais as pernas. E você sabe o que vai acontecer.

Oh, Deus.

— Qual é a pergunta? — Lágrimas queimaram seus olhos. Tensão frenética ficou mais e mais forte dentro dela.

— Você é minha confeiteira pervertida que precisa apanhar na boceta?

Sangue rugiu nos ouvidos dela, e a necessidade causou um aperto em seu âmago. O clitóris pulsava e implorava por mais. Contra seu quadril, o pau enorme de Sloane pulsava sob o algodão das calças. Havia apenas uma resposta, pois Kat queria tudo o que ele tinha para dar a ela.

— Sou.

Ele acariciou os lugares ardentes e sensíveis na bunda e nas pernas dela.

— Uma resposta errada pra caralho. Abra as pernas, o máximo que você conseguir. — Com um leve toque, ele separou mais as coxas dela.

O ar frio invadiu sua pele muito quente, fazendo-a gemer.

Sloane deslizou os dedos sobre ela, circulando o botão latejante. Leve demais. Não o suficiente. Mas ela não tinha permissão para se mexer, para se esfregar nele. A frustração cravou suas garras em Kat.

Ele se afastou.

E bateu entre suas coxas.

Sensações ferventes a deixaram elétrica. Todo o corpo de Kat se curvou quando o orgasmo explodiu. Totalmente exposta e vulnerável, ela não tinha defesa. Não tinha controle. Não tinha nada ao se despedaçar em ondas quentes de prazer. Apenas continuou, chegando ao ápice e aliviando, misturando-se com a sensação dos braços de Sloane ao redor dela, sua boca roçando-lhe os lábios, as bochechas e os olhos.

— Estou aqui. Não vou te deixar.

Acompanhando a voz dele, com a sensação do coração batendo contra seu corpo, ela flutuava e ondulava com cada espasmo. Aos poucos, a consciência se infiltrou. Ela estava completamente segura nos braços dele. Sloane, de alguma forma, a lançava e a embalava consigo.

O corpo inteiro de Kat estava relaxado e lânguido nos braços dele. Como se algo dentro dela tivesse se libertado.

Sloane a mudou de lugar outra vez, deitando-a na cama. Ele se ajoelhou no chão, colocando a perna boa de Kat por cima do ombro, e virou-se para a perna ruim. Delicadamente, ele beijou ao longo da cicatriz interna, por todo o caminho até o ponto sensível no joelho.

A doçura absoluta disparou uma torrente de emoção, e lágrimas brotaram dos olhos de Kat, derramando-lhe pelo rosto.

— Sloane.

Os olhos dele moveram-se para ela, irradiando uma ternura que fizeram seu coração apertar. Posicionando a perna dela, ele se inclinou entre as coxas e a lambeu, passando a língua suavemente no lugar em que tinha batido. Gemendo, ele segurou os quadris dela e colocou a boca sobre o clitóris, trazendo-a para a borda de outro orgasmo. Kat estendeu a mão, puxando a cabeça dele.

Ele olhou para cima, com os olhos vidrados, a boca molhada.

Naquele segundo, não havia barreiras entre eles.

— Estou ardendo por você. Só você pode me dar isso.

Ele se levantou e se livrou do moletom. Seu pênis saltou para a liberdade, cor de ameixa, grosso e longo, dançando enquanto Sloane olhava para ela.

— Você estava tão maravilhosa, que quase gozei enquanto te olhava. Te sentia.

Emoção subiu pela garganta dela.

Sloane arrastou um travesseiro para cima da cama e o colocou sob a perna ruim. Então ele desceu sobre ela, seu peso seguro e confortável.

— Preciso disso. — Enlaçando os dedos nos dela, ele ergueu as mãos de Kat acima da cabeça. Alinhando a cabeça do pênis na entrada do sexo dela, ele penetrou.

Imediatamente foi demais. Cheio demais. As emoções dela estavam à flor da pele. Mais lágrimas encheram seus olhos.

— Não pare. Me desculpe, não estou...

Sloane beijou suas lágrimas.

— Não tem problema chorar, querida. Deixe sair. Você só está sentindo, linda. — Uma vez dentro dela, ele começou a bombear, entrando e saindo, preenchendo-a, seus olhos castanhos ardentes de desejo. — Você me disse que queria sentir. Conte comigo... — Ele apertou as mãos unidas. — E sinta o que estamos fazendo juntos.

O orgasmo dela se aproximava a cada investida

deliberada. Kat estava completamente despida, exposta, não conseguia parar as lágrimas que rolavam pelo rosto.

Ela se arqueava com cada uma das estocadas.

— Você também está sentindo? — Se não estivesse sozinha, estava tudo bem.

O rosto dele se alterou para uma necessidade gritante, pescoço e ombros ficando tensos e saltados, mas os dedos envoltos nos dela permaneciam suaves.

— Sinto demais por você. E isso ainda não é suficiente. — Ele arreganhou os dentes, mandíbula ficando rígida enquanto crescia ainda mais dentro dela. — Fode, Kat.

Isso a jogou sobre o precipício, mas Kat forçou-se a abrir os olhos, agarrando-se às mãos de Sloane enquanto seu corpo convulsionava ao redor dele.

Sloane baixou o rosto para o dela.

— Você é minha. — Ele investiu com força, e seu corpo estremeceu quando o orgasmo o consumiu.

Sloane a sentiu tremer. Tremores profundos. Ele não ficou surpreso. Kat havia se libertado de um medo profundo naquela noite. Ela confiava nele.

E lógico, isso rasgava um maldito buraco em seu peito. A mulher o havia tocado onde ninguém mais tinha. Sua bravura e confiança davam-lhe uma sensação de humildade como nada podia dar. Depois de sair do corpo dela, ele a levantou para que pudesse puxar as cobertas e apoiá-la sobre o lençol. Sloane pegou sua camisa do pé da cama, primeiro para limpar as lágrimas restantes do rosto dela, depois, para limpar suavemente entre as coxas.

Arremessando a camisa, ele se acomodou na cama e pegou Kat nos braços. Colocou um travesseiro entre os joelhos dela, a fim de criar apoio extra para a perna ruim.

— Estou com você. Durma.

— Por que foi tão intenso?

Sloane estava exausto. *Jet lag*, viagem, Drake e depois Kat o surpreendendo. Mas a pergunta merecia uma resposta.

— Porque rompeu barreiras, querida. Você passou por cima de alguns medos para me deixar entrar no seu íntimo. — Ele acariciou seus cabelos. — Eu também deixei você entrar. Nós dois sentimos.

— Entramos muito fundo nisso.

Sem brincadeira. Mas Kat tinha confiado nele até as lágrimas. Sua pequena lutadora tinha uma arma secreta: lágrimas sinceras que arrasaram quaisquer defesas que ele pudesse ter e lançaram domínio de seu coração.

— Talvez, mas estamos nisso juntos. Agora, é isso que importa. — Demais. Kat era importante demais.

Aquilo nunca deveria ter acontecido.

Capítulo 12

A perna de Kat estava rígida e dolorida, forçando-a a segurar o corrimão enquanto descia com cuidado as escadas na escuridão da madrugada. Não eram nem quatro da manhã, e Sloane não tinha se mexido quando ela saiu da cama, nem quando colocou o bilhete no criado-mudo. Quase o tinha acordado para dizer tchau, mas ele estava exaurido, provavelmente por causa do *jet lag*. E pela noite anterior.

Calor percorreu sua pele com tal pensamento. Não tinham apenas feito sexo. Ambos tinham derrubado as barreiras que tornavam aquilo muito mais. Mais profundo. Mais assustador.

Ela alcançou o piso inferior e calmamente saiu da casa. Uma vez no carro, ela olhou para o suporte de copo vazio no console central. Queria muito um café, deveria ter gasto dois minutos para fazer uma caneca e levar com ela.

No fim da calçada, olhou no relógio. 3h57. Droga, não conhecia nenhuma Starbucks que abria tão cedo.

Azar, mas estaria no trabalho em breve e poderia...

Estalos ofuscantes de luz explodiram, queimando suas córneas. Kat pisou no freio com tanta força, que o cinto de segurança travou. Ela jogou os braços, e protegeu os olhos.

O que aconteceu?

Tum. Tum. Ela virou a cabeça bruscamente. Ai, Deus, um homem em sua janela.

Outro flash.

Gemendo, ela fechou os olhos. Estrelas explodiam sob suas pálpebras. Com o coração acelerado, pulso descontrolado, ela não conseguia respirar. O terror agarrava seu peito.

Não entre em pânico. Dirija.

Apertando os olhos para filtrar os flashes de luz, ela agarrou o volante. A van estava estacionada na lateral da pista. *Jornalistas.*

Tum. Tum.

Ela se encolheu do homem que batia em sua janela. Encurralada. Medo martelava nela sem piedade.

Apenas dirija. Faça.

A porta se abriu com tudo.

Um grito subiu em seu peito.

— Kat, sou eu.

A voz dele interrompeu seu terror. Sloane, vestindo calça de moletom e um ar de ameaça. Ele inclinou-se para dentro, Colocou o carro em ponto morto, desafivelou o cinto de segurança e a pegou nos braços. Instintivamente, Kat se agarrou a ele.

Ethan, vestindo bermuda de academia e o mesmo ar despenteado e expressão zangada, deslizou para dentro do carro dela.

Sloane foi pisando duro para dentro dos portões, enquanto flashes disparavam.

Ela se esforçou para se orientar.

— O quê...?

— Quieta.

A manhã estava fria e úmida, mas a pele de Sloane irradiava calor. Um músculo saltou em sua mandíbula. Os faróis do carro de Kat os banharam de luz quando Ethan entrou nos limites da propriedade. Ela podia ouvir as engrenagens de fechamento do portão. O caminho até a garagem de Sloane era longo, provavelmente uns oitocentos metros.

— Consigo andar.

Ignorando-a, ele continuou caminhando, seus pés descalços quase sem fazer som no cimento.

Agora que havia se acalmado, ela sabia o que tinha acontecido. A mídia estava esperando e a havia pego de surpresa. A coisa inteligente a se fazer teria sido continuar dirigindo. Mas os flashes a tinham desorientado. Ela provavelmente não queria saber o que Sloane havia feito com o cinegrafista que estava batendo em sua janela. Ele tinha estado lá num instante e, de repente, tinha desaparecido.

A passos largos, Sloane atravessou a porta da frente, que estava aberta, e continuou indo até chegar à sala de televisão. Colocando Kat na poltrona reclinável usada por Drake na noite anterior, Sloane apoiou as mãos nos apoios de braços e se inclinou sobre ela.

— Você está bem?

— Você é louco. — Foi um comentário tão ridículo, que ela queria bater em si mesma.

— Você acionou o alarme silencioso quando abriu a porta da frente. Mandou um alerta no meu celular e nos monitores do quarto. Também chamou Ethan na casa de hóspedes. Jesus, Kat, quando você não estava do meu lado... — Ele se afastou da poltrona num movimento brusco e saiu para a cozinha. Os músculos de suas costas flexionavam-se poderosamente. —

Eu não sabia o que diabos tinha entrado na minha casa. Se alguém tivesse pego você...

Ela havia esquecido o alarme. Que coisa idiota. Levantando-se com um salto, ela foi até Sloane e colocou a mão em suas costas.

— Não pensei, me desculpe. Você estava desmaiado, e eu tinha de ir para o trabalho. — Ela ainda precisava ir, mas depois que Sloane se acalmasse.

Ele girou e a puxou com força contra seu peito.

— Não estou com raiva de você. Eu só... Porra, isso me assustou, Kat. Depois eu saí e vi seu rosto, um absurdo de pálido. Eu só tinha que te levar para longe deles.

A confissão fez o coração dela inchar no peito com ternura. Abraçando-o, ela sussurrou:

— Estou bem, estou segura. — Ele se importava. Ele a protegia. Poderia o coração de uma pessoa explodir com excesso de sentimento?

Ele passou a mão por baixo da blusa dela, abrindo os dedos possessivamente sobre a pele nua.

— Vou te levar para casa, você pode se lavar e depois vou com você para o trabalho. Ethan pode me pegar lá.

Mas Kat não podia deixá-lo fazer isso.

— Não. — Ela olhou no rosto dele. — Você está esgotado, esteve viajando durante toda a semana. Foi por isso que eu não te acordei. Agora que eu estou preparada, posso lidar com isso.

Ele ergueu a mão para embalar o rosto dela.

— Pode ser um pouco mais complicado do que isso. Demos um show para eles. Além do fotógrafo, tinha um cinegrafista. Se essa filmagem chegar no noticiário, merda. —

Seus dedos cravaram nas costas dela.

A preocupação enrijeceu a coluna de Kat.

— O que você não está me dizendo?

— A mídia anda me perseguindo, tentando me fazer falar sobre Foster.

— E fazer sua mãe falar — lembrou ela.

Uma veia latejava na têmpora dele.

— Eu pago para ela ficar quieta.

— Sloane, só desembucha. Não gosto de segredos. — O segredo de David quase a tinha matado.

— Sou a razão por Foster ter ido para a prisão.

Kat sentiu um desconforto fisgar em seus músculos.

— Você vai me dizer? — Ou mantê-la no escuro?

— Quando encontrei Sara, Foster estava escondido na casa e tentou fugir. Eu o peguei. Eu o teria matado, mas Drake chegou lá e me parou. — Ele fez uma pausa, concentrando-se novamente em Kat. — Testemunhei contra ele. Ele fez algumas ameaças.

As informações fizeram sentido lentamente. Ameaças. Sloane nunca ter uma namorada ou esposa, as vezes em que ele disse que seria melhor para ela se ele a deixasse ir embora... tudo se alinhou num padrão protetor.

— Você acha que ele pode vir atrás de mim? — Ou de qualquer mulher de quem Sloane gostasse.

Os traços cor de âmbar em seus olhos se transformaram em gelo.

— Já faz mais de treze anos, mas não vou assumir riscos. Não com você. — Ele suavizou e segurou o rosto dela.

— Nunca quis fazer isso. Tornei conhecido que eu só tinha casos. Nenhuma mulher passava a noite na minha casa. Se passássemos a noite juntos, seria num hotel ou num resort. Era apenas sexo. Nada mais.

Até ela. Sloane tinha vivido como uma ilha, recusando-se a pôr uma mulher em perigo. Naquele segundo, nada mais importava, apenas o sentimento possessivo da mão dele em suas costas, e a maneira como ele olhava para ela, como se fosse algo precioso e especial.

Ninguém nunca o tinha feito sentir aquilo. Com David, ela se sentia... agradecida. Talvez, se ele a amasse, seus pais a considerariam boa o suficiente.

Mas o olhar de Sloane naquele momento? Invocava poder quente e vulnerabilidade quebradiça. O coração dela subiu à garganta.

— Não somos apenas sexo.

— Ontem à noite, quando você entrou aqui em casa... eu nunca senti aquilo. Nunca. — Ele engoliu em seco, seu pomo de adão deslizando na longa coluna de sua garganta.

— O quê?

As cores nos olhos dele se aqueceram e se fundiram em caramelo.

— Como se enquanto eu pudesse te ver, te tocar, então poderíamos fechar essa porta e deixar toda essa merda para fora. Só ficarmos bem juntos.

— Você tem o poder de partir meu coração. — As palavras escaparam da boca dela. Assustava-a no âmago se sentir daquela forma. Kat já tinha errado uma vez.

Ele baixou a testa na dela.

— Eu te deixo ir embora se for sua vontade.

Ela queria? Terminar tudo naquele momento, enquanto ainda era capaz de se recuperar? Ou se entregaria e viveria, sentiria, experimentaria e depois pagaria o preço quando tudo acabasse? A imagem de Sloane na noite anterior queimava por ela. A maneira como ele tinha tomado suas mãos, juntando seus dedos e seus corpos — aquilo não tinha sido sexo. Eles estavam fazendo amor, e quando suas emoções transbordaram de dentro dela na forma de lágrimas, ele a havia beijado e dito para contar com ele. Sloane manteve seu coração seguro com ele quanto faziam amor. Aquilo era mais poderoso do que palavras.

Colocando a mão no peito dele, ela sentiu a batida constante de seu coração.

— Não me abandone.

Depois do trabalho no domingo, Kat estacionou o carro em frente à casa de Sloane. Já atrasada para o churrasco, ela saiu do veículo e entrou na casa.

Vozes chamaram sua atenção para o deque. Sloane usava uma bermuda de surf e virava hambúrgueres na grelha, enquanto meninos adolescentes relaxavam ao redor dele.

— Ah, Kat, aí está você. — Sherry entrou na casa, usando um biquíni preto minúsculo. — Já estamos prontos para comer. Coloque sua roupa de banho e se junte a nós. Quer uma cerveja?

— Não trouxe roupa de banho. — A aparência tão fresca de Sherry apenas enfatizava o estado cansado e encardido de Kat. Tinha trabalhado desde as quatro e meia e não tivera tempo de ir para casa tomar banho e trocar de roupa.

— Sloane tem uma seleção de roupa de banho para você. Vá ver, estão no quarto dele.

— O quê? Quando ele teve tempo de fazer compras? Ou de saber o meu número? E por quê? — Kat não queria que ele comprasse suas coisas.

A outra mulher riu.

— Sloane não vai às compras. Ele tem pessoas fazendo de tudo para trazer a ele coleções de qualquer coisa que ele quiser. Tem tipo duas araras de roupa de banho e saídas para você escolher o que quiser. Eu sei porque fui olhar e roubei este biquíni. Não iria servir em você. Tenho o busto maior que o seu.

Kat deixou o comentário passar, pois era uma triste verdade.

— Ele fez uma *personal shopper* trazer roupas de banho? — Quem fazia isso?

— E saídas de banho, vestidos de verão, chapéus e sapatos.

Para ela. Mas ela não usava roupas de banho, não desde que tinha assustado uma menininha com suas cicatrizes, não muito tempo depois da primeira cirurgia.

— Kat? Você não ia trazer a sobremesa?

— O quê? Ah, sim. Deixei no carro. Eu tinha duas entregas no caminho até aqui. Vou buscar. — Ela se virou, escapando pela porta através da qual tinha acabado de entrar.

O ar abafado foi interrompido com a brisa do mar, mais fresca. Depois de abrir a porta do carro, ela começou a se inclinar para pegar as duas caixas de cima do banco traseiro, quando mãos quentes pegaram seus quadris e a puxaram para trás.

Sloane. Ela reconhecia o toque dele e o deixou envolver os braços em redor dela. Ele cheirava a sol quente, oceano salgado e o aroma mais rico que era todo Sloane.

Inclinando-se contra seu peito quente, ela olhou no rosto dele, mas os olhos estavam cobertos por óculos de sol.

— Você comprou duas araras de roupas?

— Não. Só pago pelas coisas com que ficamos. E pelos serviços da Marla, minha *personal shopper*. — Ele correu o nó dos dedos pela lateral do rosto dela. — Você precisa de roupa de banho para deixar aqui. E mais alguns conjuntos para a sua casa, se quiser. Escolha o que você gosta.

— Não uso roupa de banho.

— A escolha é sua quando estivermos perto de outras pessoas. Tem alguns vestidos longos que vão cobrir sua perna se você ficar mais confortável assim. Vão ser mais frescos. — Ele a beijou no cabelo e acrescentou: — Mas escolha alguns conjuntos para quando só estivermos nós dois na banheira de hidromassagem.

Kat se virou nos braços dele, estendeu a mão e tirou os óculos de sol.

— Você faz parecer tão fácil.

— É um churrasco, é para ser fácil e divertido. Você fica linda, não importa o que vista. Ponha uma roupa confortável. — Ele a soltou, recolocando os óculos no rosto. Depois que ele pegou as caixas de biscoitos e *cupcakes*, eles caminharam juntos. — O jantar está quase pronto. Vá. — Ele apertou a mão entre as omoplatas de Kat, encorajando-a na direção da escada.

Duas araras eram um tremendo eufemismo. A cama estava coberta de mais roupas, conjunto de pijamas, alguns robes, sutiãs, calcinhas e roupa de treino. Chinelos, sandálias e tênis esportivos estavam sobre mesas de exposição dobráveis.

Girando em um círculo, ela não sabia o que fazer. Seria mais fácil ficar com as roupas de trabalho. Mas Sloane tinha tido todo aquele trabalho. Kat foi para a arara de vestidos e saídas de banho. Exatamente como prometido, havia uma seleção de vestidos longos. Tinham alças finas, cava americana, decotes canoa, algumas cores sólidas, outros em estampas de temas praianos.

Um vestido se destacou, branco com redemoinhos vermelhos. Cobriria a perna, mas pareceria próprio para um churrasco de verão. Ela o puxou da arara e se dirigiu ao banheiro.

Uma faixa de vermelho chamou sua atenção. Um biquíni vermelho, lembrando-a de um que tinha na faculdade. Nostalgia queimou em seu peito. Ela tocou o tecido macio.

Vermelho. Uma cor tão poderosa. Queria mais vermelho em sua vida novamente. Descer de biquíni era mais do que ela estava pronta para fazer, mesmo de saída de banho, mas ela poderia usá-lo por baixo do vestido. E talvez depois que todos fossem embora, ela o mostraria a Sloane.

Decidida a experimentá-lo, Kat entrou no banheiro.

— De jeito nenhum. — Atordoada, Kat inspecionou o banheiro feito em cores ricas de chocolate e areia. A segunda pia tinha loções, escovas, grampos de cabelo, babyliss, secador. Até mesmo desodorante. — Ele é louco. — Ou talvez ela fosse. Talvez seus pais estivessem certos e ela tivesse sofrido danos permanentes como resultado da concussão. Agora ela vivia numa realidade alternativa onde um cara obscenamente rico e atraente lhe comprava coisas.

Uma batida na porta a assustou.

— Kat? — Sherry chamou. — Sloane me mandou aqui para te arrastar para comer.

— Aposto que ele mandou mesmo. — Ela tirou os sapatos e a roupa.

— Disse que se ele mesmo viesse aqui, vocês dois não iriam descer por um tempo.

Revirando os olhos, Kat vestiu o biquíni. O tecido vermelho era preso com aros dourados sensuais nos quadris. A parte de cima tinha um anel menor entre os seios. Ela olhou no espelho.

— Ele também mencionou que se você não descesse agora, ele viria até aqui.

— Ameaças são uma ótima maneira de seduzir uma garota.

— Você está vestida?

— Não exatamente. — Ela olhou para seu reflexo, feliz de que não houvesse um espelho de corpo inteiro no banheiro. Sem ver a perna, por alguns segundos, poderia fingir...

A porta se abriu, e Sherry entrou.

— Meu Deus. Você arrasou nesse biquíni.

Kat levantou uma sobrancelha.

— Entre. — Ela pegou o vestido e o deixou cair sobre a cabeça.

— Você está me fazendo sentir pouco vestida.

Depois de soltar o rabo de cavalo, ela escovou os cabelos e olhou para Sherry através do espelho.

— Você precisa trabalhar nessa sua insegurança.

Rindo, Sherry agarrou o braço de Kat.

— Você está ótima, vamos embora. — Ela puxou Kat para fora do banheiro.

— Sapatos?

— Querida, tem cinco adolescentes lá fora, dois ex-lutadores enormes e os meus dois filhos. Eles vão devorar toda a comida e nos deixar uma folha de alface para dividir, se você não se mexer. Esqueça os sapatos.

— Estou com fome. — E Sherry estava apertando seu braço com força. Seguindo atrás dela, Kat fixou os olhos na tatuagem de um escudo na lombar outra mulher. — Sua tatuagem é uma versão menor da do John. É legal. — Suas mãos se coçaram para contornar o desenho com o dedo, aprender os contornos para que pudesse replicar num bolo.

Sherry lançou um olhar para trás, com os olhos cheios de amor.

— Ele me dá cobertura, protege minhas costas. Não importa onde eu esteja, o que eu faça, John me protege.

Era tão comovente, que ela não tinha palavras. Kat apenas balançou a cabeça e diminuiu o passo quando se aproximaram do deque. As enormes portas de vidro tinham sido abertas, criando um espaço que ligava o interior ao exterior. Sloane tinha uma hidromassagem em uma extremidade, assentos e mesas no meio, e uma cozinha externa para churrasco dividida por um balcão. No momento, John e Sloane estavam cercados por meia dúzia de garotos, segurando pratos, enquanto os dois homens tiravam hambúrgueres e cachorros-quentes da grelha.

A maioria das crianças pareciam já ter entrado na adolescência, mas um menino e uma menina mais novos estavam na mistura.

— É melhor eu salvar a Kylie.

— Aquele toquinho de gente empurrando os meninos para chegar no começo da fila?

Sherry sorriu.

— Aquela seria a minha filha.

— Ah, eu nunca teria imaginado. Mas, pela quantidade de comida que Sloane e John estão colocando no prato, ela vai precisar de ajuda para carregar. — Olhando em volta, Kat viu Drake estendido sobre uma espreguiçadeira acolchoada. Enquanto Sherry ia ajudar a filha, Kat caminhou até ele.

— E aí, Kat. Você está bonita.

Ele estava com aparência melhor naquele dia. Ela arrastou uma cadeira e sentou.

— Quer algo para comer?

— Quero uma cerveja. Sloane está dando uma de boiola por causa disso também.

— Ah é? — Ela deu uma olhada para ver que o enxame de crianças estava diminuindo. — Diga o que você quer. Se comer um pouco e comer bem, eu divido uma cerveja com você.

Drake tirou os óculos.

— Jura?

— Juro. A menos que Sloane me pegue, me mate e jogue meu corpo no oceano. Isso acabaria com o nosso acordo.

— Que acordo? — Uma mão quente pousou no ombro dela.

— Sério? — Kat virou-se para Drake. — Você não poderia me avisar que ele estava me espionando?

A boca de Drake se contorceu.

— Podia, mas o olhar de espanto no rosto dele quando você mencionou ele te pegando e te matando valeu a pena.

— O que vocês dois estão tramando?

Kat olhou para ele.

— Estamos fazendo uma negociação séria. Vá embora.

— Sem chance. Da última vez que você negociou com ele, acabei assistindo a um programa de dança. Na minha casa, na minha TV. Vocês dois não são de confiança.

Kat deu de ombros e se levantou.

— Vou fazer dois pratos para nós.

— Eu ajudo. — Sloane a seguiu. — Aliás, gatinha, você está sexy nesse vestido.

— Ainda não vou contar. — Ela pegou dois pratos e deu uma olhada na comida. Hambúrgueres e cachorro-quente podiam ser muito difíceis de digerir. Então ela viu os peitos de frango desossados. Drake provavelmente estava cansado de aves, mas caía melhor num estômago sensível do que a carne bovina. Ela quase se sentia culpada por montar um hambúrguer para si mesma, mas estava morrendo de fome.

Atrás dela, Sloane tocou a tira do vestido que prendia no pescoço.

— Você está usando um biquíni por baixo disso.

Tremores percorreram o corpo dela.

— Estou. — Kat ficou surpresa com o quanto se sentia sexy só de saber que estava vestindo um. Ela se virou e olhou para Sloane. — Obrigada, foi muito legal da sua parte ter feito isso, mas não posso aceitar mais nada.

— Você vai. — Ele esticou o braço, passando por ela, e colocou dois hambúrgueres e um cachorro-quente num prato.

Kat revirou os olhos.

— Com fome?

Sloane se inclinou para perto.

— Faminto de ver esse biquíni em você e depois rasgá-lo. Já que sou o único que vai destruir suas roupas, eu vou comprá-las para você. — Ele pegou seu prato e o dela, deixando o de Drake para Kat levar.

Agarrando uma cerveja e uma água, ela então se juntou aos outros. Alguns adolescentes de bermuda de surf e óculos, assim como Sloane e John, puxaram cadeiras. Com o tempo, ela descobriu quem era quem. Ben, o mais novo dos meninos, era filho de John e Sherry. Os outros cinco meninos, variando de cerca de uns 12 a 16 anos, eram garotos de quem Sloane, John e Drake eram mentores. Os garotos estavam falando sobre terem passeado no barco de Sloane, mais cedo naquele dia, e estavam tentando organizar um jogo de vôlei para depois de comerem.

Kat olhou para a área de vôlei montada na areia logo abaixo do deque. Para Kat, areia e um bando de meninos adolescentes tentando se mostrar para dois ex-lutadores do UFC, soavam como uma receita de dor. Agora, se fosse apenas ela e Sloane? Poderia distraí-lo com o biquíni.

Ela se levantou, localizado um copo de papel e serviu um pouco de cerveja nele, enquanto todos discutiam sobre as equipes. Depois de voltarem ao lugar, ela se virou para entregar o copo para Drake, enquanto todo mundo estava ocupado.

— Cicatrizes sinistras na sua perna. Como você conseguiu?

Drake pegou o copo quando Kat quase derramou a cerveja. Virando a cabeça bruscamente, ela olhou para o menino que tinha falado. Achou que o nome dele fosse Ryan, mas não tinha certeza. Todo mundo parou de falar. O olhar de Sloane pairou sobre ela, carinhoso e oferecendo apoio, mas ele não disse nada.

De repente, não era assim grande coisa. O garoto havia feito uma pergunta. Ela encolheu os ombros e puxou o vestido para cima, revelando a perna.

— Um bastão de beisebol arrebentou minha tíbia. Foram

necessárias duas placas e um punhado de parafusos para segurar no lugar.

— Legal.

— Irado.

Kylie chegou de fininho ao lado dela, com grandes olhos azuis.

— Doeu muito?

Ela parecia tão preocupada, que Kat queria abraçá-la. Lamentando que tivesse chegado a mencionar o bastão de beisebol, ela tentou tranquilizar a menina.

— Fiquei no hospital. Eles cuidaram de mim e me deram remédio, então eu estava bem.

— Dói agora? Posso tocar?

— Kylie. — Sherry se levantou.

Kat sacudiu a cabeça para Sherry.

— Claro, você pode tocar. Só dói um pouco quando eu forço muito.

Kylie se abaixou, percorreu as cicatrizes com toques leves como de uma borboleta.

— É meio enrugado.

Os meninos começaram a se reunir.

— Você poderia fazer uma tatuagem. Ficaria ótimo.

— Oh. — Kylie se levantou. — Flores bonitas crescendo das cicatrizes. Ficaria legal, né, mamãe?

— Claro, querida — Sherry concordou. — Se isso for o que a Kat quiser. A perna é dela.

— Vamos limpar e começar o jogo — disse Sloane. — A equipe que vencer pode escolher primeiro os *cupcakes* e os biscoitos que a Kat trouxe.

Simples assim, o momento passou. Todo mundo pulou, limpando pratos e juntando os restos de comida. Kat começou a se levantar.

Sloane se inclinou sobre ela.

— Você não. Você está cumprindo punição por levar cerveja ao Drake. Agora tem que sentar aí e relaxar com ele.

— Que droga.

Ele sorriu, pegou o queixo dela e a beijou.

— Você é incrível. Lidou com tudo muito bem. Como foi a sensação?

O elogio fez o coração dela vibrar.

— Muito boa. — Libertadora, na verdade. Como se algo dentro dela tivesse se destravado nos braços de Sloane, sexta à noite.

— Se meu time ganhar, você perde esse vestido e eu começo a te exibir na hidromassagem. Fechado?

Com Sloane tão perto, a coragem cantou pelo corpo dela.

— Fechado.

Capítulo 13

Sloane relaxava em seu sofá, enquanto todos estavam esparramados em cadeiras, sofás ou no chão, assistindo a um filme que ele havia posto. Kat sorriu quando o time de Sloane perdeu, uma pequena provocação. Agora ela estava no chão com Kylie, desenhando projetos de bolo que deixavam a garotinha empolgada. Sloane tinha certeza de que elas haviam usado todo seu suprimento de papel da impressora.

Os meninos estavam lançando sugestões. De alguma forma, ela acabou prometendo a todos eles um bolo especial de aniversário.

A mulher era absurdamente generosa e, ainda assim, recusava quando ele comprava algumas roupas para ela.

— Acabou o filme. — John se levantou. — Arrumando tudo. Hora de levar os meninos para casa.

Sloane desligou o aparelho de DVD, retornou a TV para o canal que estava antes do filme e pegou o telefone. Enviou uma mensagem de texto a Ethan pedindo a limusine em dez minutos para levar toda a molecada para casa.

— Ei, Sloane, é você. E a Kat — disse Kevin, o garoto de quem ele era mentor havia dois anos.

Que diabos? O vídeo da manhã do dia anterior, quando Kat havia sido encurralada pela mídia, estava passando na tela de sua TV. Ele clicou no botão “info” do controle e rosnou quando viu. *Afterburn*. O programa pseudo-legítimo que rastreava vítimas de crimes e sua família para os expor depois que a dor tinha se extinguido. Malditos idiotas.

A filmagem mostrava a manhã do dia anterior, exatamente como ele se lembrava. Sloane vestindo o moletom que ele mal havia pensado antes de pôr, saindo portões afora, numa corrida louca. O cinegrafista tinha pego sua expressão enfurecida quando Sloane viu o fotógrafo alternando entre bater na janela do carro de Kat e tirar fotografias.

E o rosto de Kat. Cristo, tinha ficado paralisado de pálido terror.

A tomada ficou ainda mais ampla quando Sloane empurrou o fotógrafo de lado e abriu a porta. Depois ele levantou Kat, todo o seu corpo curvando-se ao redor dela para protegê-la do que estava acontecendo.

Ninguém que visse aquilo podia interpretar mal seus sentimentos por ela.

— Isso foi romântico de um jeito meio homem das cavernas — disse Sherry.

A cena cortou para mostrar a confeitaria Sugar Dancer.

— Droga. — Colocando-se em pé, ele olhou feio para Kat. — A mídia esteve lá?

— Esteve, mas não falei com eles e foram embora. Eu queria dizer a você, mas acho que estive ocupada. — Ela se fixou na tela da TV.

— Você está bravo com a Kat? — perguntou Kylie.

— Não. — Ele se aproximou e pegou Kylie no colo. — Estou bravo com as pessoas que a incomodaram quando ela estava ocupada no trabalho.

— Não grite com ela.

Deus, a menininha tinha tanto da mãe dela.

— Prometo que não vou gritar com a Kat.

— Tá. Você pode gritar com as pessoas que incomodarem a Kat. Eles não são legais. Ela parecia assustada de verdade no carro.

— Eles não vão chegar perto dela outra vez. — Ele devolveu Kylie para a mãe dela e puxou Kat para si. — Vou me certificar disso.

Uma parte de seu cérebro gritava para terminar com ela. Fazer uma ruptura muito pública. Antes que Lee Foster decidisse seguir em frente com suas ameaças.

Mas uma olhada no vídeo, quando o âncora repetiu a cena, dizia a Sloane que era tarde demais.

Tarde pra cacete.

A raiva e a possessividade de Sloane estavam claramente estampadas em seu rosto. Sua atitude nem sequer fazia sentido. A coisa lógica teria sido jogá-la para o banco do passageiro, entrar no carro e conduzi-lo de volta para a segurança cercada de sua propriedade.

Sloane não estava pensando racionalmente. Estava reagindo por puro instinto para levá-la em segurança em seus braços. Mesmo naquele momento, naquele exato momento, ele estava com o braço travado em torno dos ombros dela, necessitando a sensação de Kat contra seu corpo.

Aquele filho da mãe não ia chegar perto dela.

Sloane iria se certificar disso. Mesmo que lhe custasse Kat, e custaria. Mas pelo menos ela estaria segura.

Kat inclinou-se no parapeito do deque, observando o sol começar a afundar no oceano. A banheira de hidromassagem borbulhava atrás dela, enquanto, em sua frente, as ondas subiam e desciam. Sloane estava no celular e no laptop, e tinha sua assistente trabalhando também, arranjando segurança para Kat.

A ironia de que ela pudesse estar em perigo por causa de alguém na vida de Sloane era como uma história que se repetia, exceto por um detalhe. Na hora que as coisas ficaram sérias, Sloane havia lhe dito a verdade. Ele não estava mentindo, não estava se escondendo. Isso fazia Kat se sentir mais segura emocionalmente do que tinha se sentido desde aquela noite, seis anos antes.

— Ei. — Os braços de Sloane vieram ao redor dela. — Você tem uma bela defensora na Kylie.

Ela sorriu, inclinando a cabeça para trás, no peito dele.

— Sou uma mulher de sorte. Eu vou perguntar para Sherry se ela pode me emprestar Kylie por algumas horas para fazer biscoitos.

— Ela vai deixar.

— Falando da Sherry. Obrigada por arranjá-la para me ajudar a treinar. Mas quando eu precisar dela, vou tomar umas providências e vou pagá-la.

— Você pode tomar todas as providências que quiser, desde que esteja protegida, mas Sherry vai mandar a conta para mim.

— Você não pode...

— Eu posso porque posso pagar. Você vai se concentrar na Sugar Dancer e nos seus planos de expansão. Depois resolvemos isso juntos. — Ele enrijeceu os braços. — Não fique tensa, nem se ofenda. Parte disso é pura curiosidade, mas parte é que eu quero ter certeza de que você está segura. Você vai entrar significativamente em evidência. Estou preocupado com que diabos o Otário se meteu, e com o Foster. Então isso não é negociável.

Kat observou mais uma onda quebrar, pensando sobre o que ele dizia.

— Você não está tentando me parar?

— Não. — Ele roçou a boca sobre o cabelo dela. — Se você me deixasse, eu faria isso acontecer para você.

O peito dela inundou com amor e ansiedade.

— Mas aí não seria o meu sucesso. — Ela gostava de trabalhar duro e sentir aquele brilho cansado de satisfação. Tinha nascido criativa, mas estava aprendendo a ser uma mulher de negócios. Ficando mais forte a cada dia. De muitas maneiras, havia passado a gostar e a respeitar a mulher em quem estava se transformando. Kat não queria perder isso.

— Entendo. Então, tudo o que estou pedindo é que você me deixe conhecer seus planos para fornecer segurança. Proteção. Provavelmente vou oferecer conselhos. Podemos discutir sobre isso. Mas, no final, a Sugar Dancer é sua. Você toma as decisões, desde que esteja a salvo de perigo.

Todos aqueles anos em que seus pais tinham tentado protegê-la, forçando-a a ser algo que ela não era. Não era isso que Sloane estava fazendo. Ele queria protegê-la enquanto ela estivesse indo atrás de seus sonhos. Estava lhe dando tanto, inundando-a com sentimentos exuberantes e um senso de si mesma.

— Durante anos, vivi envolta em cinza, o que só era quebrado pelas cores da minha confeitaria. A Sugar Dancer me trouxe aqueles lampejos bonitos de cor que me mantiveram seguindo em frente. Mas pensei que era o máximo que eu ia conseguir. Porque eu estava defeituosa. Limitada. Já tinha nascido mediana, mas depois do ataque, me tornei muito menos.

— Você sempre foi mais. Sempre.

— Isso, Sloane, essas pequenas palavras são as cores brilhantes que iluminam o meu mundo, que fazem meu sangue cantar e meu coração sentir tanto que dói, da melhor forma possível. — Ela se inclinou nele para conseguir coragem. — Eu te disse uma vez que não me via ficando apaixonada por você. Mas eu estava errada. — Ela parou por aí. Não estava tentando assustar Sloane, só queria que soubesse que ela gostava dele.

O silêncio dele fez as ondas que quebravam e a banheira de hidromassagem que borbulhava parecerem barulhentos demais. Agourentos demais.

Até mesmo sua pontada de decepção ficava mais acentuada, mas ela aceitou. Eles tinham o que tinham, e era o suficiente. Mais do que ela já havia tido. Ela sempre prezaria aquele momento com Sloane.

— Quando Sara e eu éramos crianças, Olivia fazia o pacote todo do romance com qualquer cara que olhasse para ela. Todo o resto parava. Parávamos de existir no mundo dela. Se alguma vez ela arrumava um trabalho, acabava demitida porque nada importava, só o cara.

Kat odiava a mulher que nunca tinha conhecido.

— Ela era terrivelmente egoísta.

— Foi só isso que eu conhecia sobre o amor. Foi tudo o que eu vi durante a infância. Eu estava a caminho de um monte de problemas quando Drake me encontrou.

— Isso foi antes da Sara... antes de acontecer?

— Foi. Ele me deixou treinar na academia dele, trabalhou o MMA comigo e me ajudou a encontrar bicos para pagar as aulas. Mas fiquei tão focado nisso, que não estava presente quando a Sara precisou de mim.

Kat virou em seus braços. Com o sol se pondo atrás dela,

os olhos dele ficaram sombreados por uma culpa sem fim.

— Você não a matou.

— Não diretamente, não. Mas eu a abandonei com tanta certeza como Olivia a abandonou.

— Sua mãe... — Kat agora entendia por que ele não a chamava de mãe; a mulher não tinha direito ao título — ... abandonou vocês dois.

Ele deu de ombros e segurou o rosto dela nas mãos.

— Eu me preocupo com você mais do que pensei que fosse possível. Sinto coisas que nunca senti. Provavelmente a amo. Mas eis o que eu sei: Vou foder com isso e vou te perder. Porque, por mais que eu queira negar, sou filho da minha mãe.

— Você está errado. Você não abandona as pessoas. Como Drake, que está dormindo no seu quarto de hóspedes, o qual se tornou um verdadeiro quarto de hospital com todas as conveniências que ele poderia sonhar, sabendo que está cercado por aqueles que o amam, enquanto ele luta sua última luta. — Lágrimas queimaram nos olhos dela, mas Kat não se importava. A maneira como Sloane se importava com Drake era real e fazia o coração de Kat doer no peito. — Você não é nada parecido com ela.

O peito e os ombros de Sloane expandiram-se quando ele respirou fundo. Enxugando a única lágrima que caiu, ele disse:

— Amo o fato de você acreditar nisso.

— Eu sei. — Ela não estava dizendo que não teria o coração partido. Talvez Kat fosse o que Sloane precisava naquele momento, mas não para sempre. Mais tarde, ele poderia querer uma mulher que fosse menos chique à moda confeiteira e mais a pronta para a sociedade. Aquilo não tornava nem um pouco menos real o que tinham naquele momento. — Vamos apenas nos concentrar no que temos agora, meio como um relacionamento de acompanhantes com algo mais, e não tornar isso complicado.

Os cantos da boca dele apontaram para cima.

— Acompanhantes com algo mais. Isso significa que posso ver o biquíni com o qual você anda me provocando por horas. — A dor nos olhos de Sloane recuou.

Kat gostava da sensação do olhar dele sobre ela. Esticou as mãos para trás e desamarrou o vestido preso na nuca. Em seguida, ela o deixou cair pelo corpo até que se amontoasse no deque.

— Porra, mulher.

A voz de Sloane saiu num grunhido, seu olhar aquecido observou-a de cima a baixo num caminho lento. A bermuda preta de surf não fez nada para esconder a reação crescente.

— Vira.

Sentindo-se sexy, ela girou para ver a parte inferior do sol mergulhar no oceano. Uma ilusão, mas uma bela ilusão. Kat apoiou os braços sobre o parapeito, empinando a bunda. Seu cabelo caiu sobre os ombros. Ela estava posando para ele, e o gemido que vinha de Sloane lhe dizia que estava funcionando.

Cobrindo as costas dela com seu corpo, ele empurrou-lhe o cabelo para o lado.

— Vou fazer amor com você aqui. Agora. Enquanto assistimos ao pôr do sol juntos.

Kat se entregou ao toque poderoso de Sloane. Ele tirou a calcinha do biquíni dela e penetrou-a profundamente, tocando-a onde ninguém jamais havia tocado. Bem ali, ela desejou que pudesse congelar o momento para sempre.

Aquele era um momento perfeito.

Capítulo 14

Kat guardou o bolo terminado na geladeira enorme. O primeiro que fazia com um tema de *ménage* à *trois*. Kat sem dúvida deveria se juntar ao clube do livro que tinha encomendado o bolo. Aquilo sim é que era se divertir. Ela fechou a geladeira e começou a trabalhar na lavagem dos apetrechos.

— Oi.

— Kellen. — Ela desligou a água e pegou uma toalha. — O que você está fazendo aqui?

— Entediado. Quero começar meu novo trabalho logo.

Inclinando o quadril no balcão, ela jogou a toalha.

— Chorão. Falta só pouco mais de uma semana até o médico te liberar para trabalhar na SLAM. — Tinha que admitir, Kellen parecia bem apesar de ter sido esfaqueado algumas semanas antes. — Então, você está aqui para reclamar?

— Não. Ana me ligou. Disse que você não deu a ela a imagem final para os trailers.

— Droga. Eu pretendia.

— A ideia de ver as imagens te deixou aborrecida?

— Não. — Não mais. — Mas não quero que Sloane as

veja. E tenho passado tanto tempo com ele, que só fico adiando. — Kat serviu um pouco de café e o levou para a bancada de trabalho de aço inox. Empoleirada na banqueta, ela descansou a perna ruim no degrau debaixo da mesa.

— Você acha que Sloane reagiria mal se visse as fotos? — Kellen pegou o laptop dela de cima da escrivaninha pequena, arrastou uma banqueta e sentou-se.

— Mal? — Ela revirou os olhos. — Você notou que eu tenho um novo armário cheio de guarda-costas?

— Difícil não notar, já que insistem em verificar o apartamento antes de você entrar. Também vi a garota lendo um livro na mesa da frente.

— Aquela é a Whitney, uma ex-policial tentando parecer cliente. — Kat gostava dela. Era amigável, mas ficava fora do caminho.

— Ela se mistura bem. Notei porque ninguém mais está na loja neste momento. A calmaria da tarde.

Graças a Deus por elas.

— Então Ana realmente te ligou para fofocar sobre mim? — A culpa a incomodava. Ana estava trabalhando duro. Kat tinha concordado com aquilo e não estava cumprindo sua parte.

Ele enfiou a mão no bolso da camisa e tirou o pendrive.

— Ela ligou, porque está preocupada em te forçar a fazer algo que você não está pronta para fazer. Ela não queria que você estivesse sozinha quando olhasse as fotos.

— Você veio para olhar as fotos comigo? — Quando sua vida tinha se tornado tão rica de amigos? Tão cheia de cor? Ah, sabia que podia contar com Kellen. Mas Ana ser atenciosa a ponto de ligar para Kellen? E agora tinha Sloane, e ele a havia apresentado a Drake, Sherry, John e seus filhos. De certa forma, Sloane também tinha inspirado Kat a procurar o irmão. Sloane lhe havia dado coragem de assumir alguns riscos e viver novamente. Uma nova alegria fisgava seu coração.

— Por que você está com um sorriso bobo no rosto? Pare com isso.

Ela riu.

— Obrigada, Kel.

Ele deu um empurrãozinho com o ombro.

— Disponha. — Então espetou o pendrive e virou o computador para ela. — Vamos fazer isso.

Ela usou o touchpad para abrir a primeira imagem.

Kel se encolheu.

— Forte.

Um dos olhos dela estava fechado com o inchaço, seu rosto era uma massa de contusões, e crostas cobriam seus lábios. Uma onda de compaixão pressionou seu peito, muito como o que ela sentiria por qualquer um naquela condição. Kat traçou o gesso em seu braço e o suporte em sua perna.

— Minha perna está em tração, então foi antes da primeira cirurgia, para estabilizar o osso.

— Você se lembra de muita coisa daquela época?

— Uma parte está meio confusa por causa dos remédios e da concussão. — Ela se lembrava principalmente a dor e confusão.

— Te deram uma surra enorme. — Os olhos dele fermentavam raiva.

— Se isso for deixar você chateado, vá lá na frente comer um *brownie* com a Whitney. Eu consigo cuidar disso. — Kat não queria que ele revivesse as próprias memórias de um relacionamento abusivo.

— Por favor, participei de uma briga de faca. Mais resistente do que eu, impossível.

— Isso seria mais impressionante se você tivesse uma faca ou, sabe, tivesse lutado. — Em vez disso ele havia sido pego de surpresa... Kat afastou a memória. Kel estava se recuperando, a vida era boa.

Kellen colocou o braço ao redor dela.

— Cale-se e clique.

Depois da primeira imagem, ficou mais fácil olhar as outras. Quando terminou de ver todas, Kat esfregou os olhos.

— Não sei se eu quero qualquer uma delas no vídeo. Parecer uma vítima não inspira confiança.

— Você não está vendo o ponto central. Se mostrar uma daquelas primeiras fotos e depois compará-la com a forma como você está agora, vai demonstrar que você sobreviveu e triunfou. Vai fazer você parecer forte. Como se pudesse superar a adversidade e os problemas, o que toda empresa tem.

Kat absorveu as palavras como se estivesse faminta por elas.

— Você acha que é o que essa imagem que vai passar?

Ele apontou para o laptop.

— Volte ao início. Essa primeira é muito poderosa. Vamos marcar as que causam impacto.

Após marcar duas, Kat clicou na próxima.

— Espere. — Ela puxou a mão do touchpad. Uma sensação estranha a desorientou. A foto havia sido tirada da ponta de sua cama de hospital, mas Kat estava com a cabeça virada para a porta. O que ela estava olhando?

Ali. Um homem estava na borda da foto. Kat não tinha prestado atenção antes, quando estava procurando uma foto sua, mas agora os pelos em sua nuca ficaram eriçados. Bile queimou sua garganta. Passando os braços na frente do estômago, ela tentou obter o controle de si mesma.

— Aquele homem. — A voz dela soava distante.

Kel inclinou-se para a tela.

— O que tem ele? Eu não o reconheço.

— Ele não pertence a esse cenário. Ele não deveria estar lá. — O suor lançou um arrepio por suas costas. — David o conhecia. Eu não. Por que ele estava lá?

Kel fechou o laptop e girou a banqueta para encarar Kat.

— O que tem ele?

Kat respirou fundo e olhou em volta. A cozinha de sua confeitaria era tão familiar e reconfortante como Kellen. Em segundos, seu pulso desacelerou e ela se acalmou. Seus pensamentos clarearam.

— Foi antes do suposto assalto. Não tenho certeza de quanto tempo antes, talvez uma semana ou por aí. — Anos haviam se passado, sua linha do tempo podia estar equivocada. — David ia trabalhar até tarde. Levei o jantar para ele na Sirix e entrei em meio a algum tipo de discussão entre David e esse cara da imagem. David surtou, me arrastou para fora e quase me sacudiu de fúria. Dizendo-me para nunca mais entrar lá de surpresa daquele jeito.

Kellen assentiu.

— Nossa... Você nunca tinha visto aquele cara antes disso?

— Não. E David não quis me dizer o nome dele. Apenas

disse que o conhecia desde a faculdade e que o cara queria pedir dinheiro emprestado. — As lembranças pairavam fora de alcance. — Não ouvi o que eles estavam falando, mas a voz dele...

Consequências, Dr. Burke.

Kat endireitou a postura bruscamente.

— Ai, meu Deus, a voz! — Ela agarrou a borda da mesa, ouvindo a frase repetir e repetir em sua cabeça, assim como nos *flashbacks*. Era a única coisa clara de que ela se lembrava.

Kellen pegou suas mãos.

— O que tem a voz dele?

— Ele estava lá na noite do assalto. Ele segurou os braços de David e disse: "Consequências, Dr. Burke".

— Você tem certeza?

Aquela voz ecoou na cabeça dela novamente. Em todos os seus *flashbacks*, a voz a atormentava, mas Kat não sabia o porquê. Agora sabia.

— Completamente. — Alívio fluiu através de anos de autodúvida, de se perguntar se ela estava tão danificada e limitada como David a fazia parecer. Olhando para Kellen, ela apertou as mãos. — Não sou louca. David mentiu.

— Eu sempre acreditei em você. Agora você tem algo de concreto. — Kellen franziu a testa, pensativo. — Mas como é que vamos descobrir quem é esse cara?

— Um traficante de drogas? — Ela havia contado a Kellen sobre a teoria possível dela e de Sloane.

Kellen abriu o laptop e ligou a tela.

— Pode ser.

— Kat? — Whitney colocou a cabeça pela porta. — Você tem uma cliente. Ela não parece estar com nenhum tipo de mídia.

— Obrigada. — Ainda se sentindo atordoada, ela se levantou.

— Quer que eu atenda a cliente para você? — perguntou Kel.

— Não, obrigada. — Ela havia passado anos suficientes aprisionada pelo medo. Agora estava rompendo. Encontrando respostas. — Enquanto eu faço isso, você pode olhar as outras fotos e ver se esse cara aparece de novo?

— O que você vai fazer? Alguma ideia?

— Falar com o Marshall. Talvez ele saiba de alguma coisa. — Tentaria descobrir algo com o irmão. — Obrigada, Kel.

Ela saiu e encontrou a cliente esperando perto das vitrines. O cabelo preto da mulher caía num corte caro em torno de seu rosto. Mais baixa do que Kat, ela usava calças de linho creme e uma camisa de seda. Seus olhos castanhos traziam uma sensação de familiaridade.

— Oi, em que posso ajudá-la? — Será que a tinha visto em um evento no qual entregou um bolo? Acabava fechando vários outros negócios dessa forma.

Colocando a bolsa Coach no balcão, a mulher disse:

— Você é Kat Thayne?

Ok, talvez o homem na foto a tivesse abalado mais do que ela pensava, porque um desconforto deslizou por sua espinha. *Não faça escândalo.* Ela lançou um olhar para Whitney. A guarda-costas ergueu os olhos do livro que estava lendo, e seu olhar se estreitou. Então nada de escândalo.

Voltando a atenção para a mulher, Kat supôs que

estivesse na casa dos cinquenta. A sensação irritante de familiaridade continuava incomodando. Seu dia parecia ter embarcado num trem de horrores.

— Precisa de alguma coisa?

— Preciso. — A mulher se inclinou para frente, pressionando os quadris contra o balcão. — Preciso que você fique fora do caminho do meu filho.

Um *ting* como um diapasão soou na cabeça de Kat e começou a reverberar. Aqueles olhos... ah, claro. Ela sabia para quem estava olhando agora. Kat deu a volta nas vitrines e encarou a mulher.

— Quem é seu filho?

— Sloane Michaels.

Whitney se pôs em pé num pulo.

Kat sacudiu a cabeça para a guarda-costas. Queria saber o que trazia a mãe de Sloane, que morava na Flórida, para sua loja. De frente para a mulher, teve que cruzar os braços para se impedir de estapeá-la logo de cara.

— Sloane sabe que você está aqui, Olivia?

Ela se encolheu um pouco.

— Você sabe meu nome.

— Sloane mencionou você. — E era por isso que ela queria dar um tapa na mulher. Mas o que estava fazendo ali? Por que tinha ido ver Kat? Não fazia sentido.

A mulher balançou a cabeça.

— Se Sloane soubesse, iria tentar me impedir de te dizer a verdade sobre ele. — Ela suspirou, os ombros magros se curvaram. — Fiz a coisa certa ficando com essas crianças, tentando criá-las sozinha, sendo mãe solteira. Sara era uma boa menina, mas Sloane era ingrato. Ele destruiu tudo. — Olivia ergueu o queixo e olhou para Kat. — É hora de ele corrigir isso. Vou poder viver em paz quando a luta de caridade terminar.

A necessidade de machucar Olivia serpenteava por sua barriga. Kat enterrou os dedos nos braços.

— O que você quer? — E o que a luta de caridade tinha a ver com aquilo?

Olivia levantou as sobrancelhas.

— Você deve estar atrás do dinheiro dele. Quanto vai demorar para ele se livrar de você?

Era isso o que ela queria? Kat fora da vida de Sloane? Por quê? Deixaria para lá. Não importava.

— Não estou à venda, ao contrário de você. — Golpe baixo, mas era verdade. — Sloane te paga para ficar quieta, então sugiro que você faça exatamente isso. Cale a boca e vá embora.

— Até parece que eu vou. Aquele menino arruinou minha vida. Ele me deve essa, e não vou deixar uma confeiteira caçadora de recompensas impedir que ele corrija as coisas.

Kat estava pronta para dar um aceno de cabeça para Whitney e deixá-la enxovalhar a mulher porta afora. Mas uma curiosidade mórbida e gelada borbulhou em sua barriga, em resposta à forma como Olivia repetiu pela segunda vez que Sloane tinha de *corrigir aquilo.*

— Corrigir o quê? E como exatamente ele vai fazer isso?

— Sloane colocou um alvo nas minhas costas quando testemunhou contra esse animal que matou meu bebê. Eu disse a ele para não fazer isso. Ele já tinha feito o suficiente. A polícia olhou para mim como se eu estivesse negligenciando meus filhos, quando eu estava tentando dar a eles uma vida melhor.

A necessidade de machucar Olivia fez Kat balançar na ponta dos pés. Nunca havia sentido aquele nível de fúria violenta acendendo seus nervos até que ela realmente se contraísse.

— Colocando-os em um lar adotivo? — Kat disse, forçando uma voz calma.

Olivia olhou para baixo de seu nariz.

— Eu era mãe solteira de dois adolescentes. Sara era tranquila, mas Sloane era um diabinho completamente fora de controle. Era ele que eu estava tentando salvar quando procurava uma influência forte do sexo masculino.

— Não sou mãe solteira, então esclareça isso para mim. — Veja só, a voz dela ficou baixa e mortífera assim como a de Sloane quando ele estava furioso. — Para conseguir uma vida melhor para seus filhos adolescentes, você os jogava fora como lixo e trazia o homem para dentro. Foi isso mesmo?

Os olhos de Olivia se estreitaram num estado de ódio.

— Vejo que Sloane anda distorcendo a verdade outra vez. Suponho que não tenha dito a você como ele não se incomodava em ver se estava tudo bem com a irmã, porque só se preocupava com ele mesmo?

Kat tinha abraçado Sloane enquanto ele contava sobre ter encontrado Sara. Seu tormento, sua culpa e sua tristeza tinham sido tão reais e tão vívidos, que haviam lhe partido a alma.

Aquela mulher recusava toda a responsabilidade, enquanto transformava a culpa de Sloane em algo assustador. Algo que fazia Kat ter vontade de correr e de se esconder.

Não queria saber. Mas já tinha estado antes com um homem que guardava segredos. Aquele segredo quase a tinha matado, e deixado com um coxear e uma dor permanentes.

Tinha que saber.

Movendo-se com precisão fria, certificando-se de que a perna não falhasse naquele momento, Kat falou bem na cara da mulher:

— O que Sloane deveria fazer para corrigir isso?

Olivia olhou ao redor da loja, que estava vazia, exceto por Whitney. De frente para Kat, ela baixou a voz.

— Matar Lee Foster. Então eu vou estar segura e o mundo vai saber a verdade.

Não. A palavra foi como um soco em seu cérebro repetidas vezes, até que ela quisesse gritar em agonia.

— Todo ano, visito o túmulo da Sara para lamentar sua partida. Para dizer a ela o quanto sinto que o irmão dela a deixou na mão. E para prometer que ele vai deixar as coisas certas. Este ano, vou poder dizer a ela que está feito.

— Você é louca. Não pode deixar que ele faça isso. Você tem que detê-lo.

As narinas da mulher ficaram largas.

— Ele me deve. Ele contou àqueles policiais que eu os expulsei de casa. Meus próprios filhos. Depois testemunhou, como se fosse o herói, sem se importar que ele me colocasse em perigo.

Kat lutou para ficar em pé, mas sua loja começou a se inclinar e a girar.

Olivia pegou a bolsa.

— Ele não é capaz de amar, mas é plenamente capaz de assassinar. Fique longe do meu filho. — Então ela saiu.

O estômago de Kat deu um aperto, e a voz de Sloane explodiu em sua cabeça. *Mas eis o que eu sei: Vou foder com isso e vou te perder. Porque, por mais que eu queira negar, sou filho da minha mãe.*

Kat abriu os olhos e não viu nada além da verdade.

Sloane tinha intenção de matar Lee Foster.

Capítulo 15

Na sala de conferências, Sloane ouviu a vinheta para SLAM Vodka com interesse crescente, quando seu celular pessoal vibrou sobre a mesa. Um surto de preocupação por Drake atingiu seu estômago. Ele olhou para a tela.

Não Drake, mas Whitney, uma das guarda-costas de Kat.

Ele ficou em pé e saiu, ignorando o silêncio atordoado na sala de reuniões. Já no corredor, ele atendeu:

— Sloane Michaels.

Uma geada abaixo de zero atingiu suas veias enquanto ele ouvia; uma fúria palpitou em sua cabeça. *Olivia*. A vagabunda. Porra! Tinha estado tão focado em proteger Kat de Foster, que não tinha previsto aquilo. Deveria ter percebido que quando seu vídeo com Kat fosse divulgado, sua mãe destruiria a única coisa boa em sua vida.

Kat.

Não poderia perdê-la.

— Estou a caminho, diga... — Ele interrompeu suas palavras ao som de uma breve discussão.

— É verdade? — Kat exigiu saber.

Ouvir a voz dela o fez vacilar num pânico desconhecido.

— Não. Não faça isso. Não tem nada a ver com a gente, com o que temos. — Ela era tudo para ele.

— Me responda. Todo esse tempo, enquanto você estava me convencendo a confiar em você, a te amar... — A voz dela falhou.

Sua dor rasgou o peito dele e queimou seu coração como um ferro em brasa. Ele nunca quis machucá-la, só queria amá-la.

— Todo esse tempo você tinha um plano secreto que sabia que iria nos destruir. — Ela inspirou fundo, trêmula, torturada. — É verdade?

As lembranças o atacaram, rolando rápida e furiosamente por sua cabeça. A primeira vez em que ele a viu naquele salão de baile, o primeiro beijo, o jeito com que ela confiou a ele seu corpo, e depois seu coração. Ela tinha lhe dado livremente o presente inestimável do seu amor.

E ele havia estragado tudo.

Despedaçado os dois.

Nunca tinha merecido Kat. Nunca. Mas ela merecia a verdade.

— Sim.

Continua...

Agradecimento

Caros leitores,

Muito obrigada por ler Só você, o segundo livro da história de Kat e Sloane. Mas ainda não acabou! Em breve, teremos a conclusão da trilogia, quando Kat e Sloane conseguem seu merecido final feliz.

UMA PROPOSTA SEDUTORA

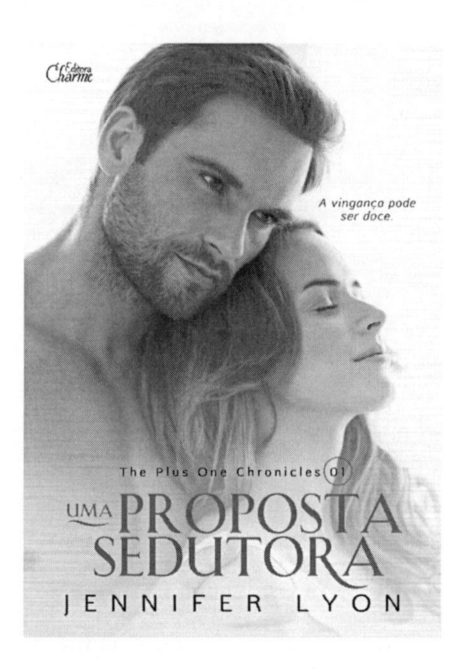

Sinopse:

Rico, sexy e volátil, Sloane Michaels tem um plano sombrio que mantém seu coração no gelo. A riqueza extrema lhe dá o controle que ele anseia ter, e suas habilidades como ex-lutador de UFC, as ferramentas de que vai precisar para conseguir a vingança definitiva. Porém, quando a mulher que imaginou nunca mais rever cruza seu caminho, Sloane se vê preso entre a vingança que precisa e a conquista sexual que deseja.

Há seis anos Kat Thayne vive em modo de sobrevivência, escondendo-se atrás das doces criações de sua confeitaria. Entretanto, quando o roubo de um carro ao acaso a coloca frente a frente com seus medos mais obscuros e suas fantasias mais ardentes, Kat é forçada a deixar o esconderijo ao receber uma proposta perigosamente sedutora. Uma que ela sabe não ser forte o bastante para recusar.

Entre em nosso site e viaje no nosso mundo literário.
Lá você vai encontrar todos os nossos
títulos, autores, lançamentos e novidades.
Acesse www.editoracharme.com.br

Você pode adquirir os nossos livros na loja virtual:
loja.editoracharme.com.br

Além do site, você pode nos encontrar em nossas redes sociais.

https://www.facebook.com/editoracharme

https://twitter.com/editoracharme

http://instagram.com/editoracharme